藍鬍子

Bluebeard

Kurt Vonnegut

馮內果

【陳佩君／譯】

總導讀

在荒誕的世界發現人生的意義

——試論馮內果的作品

陳長房

馮內果（Kurt Vonnegut, 1922-2007）科學的知識豐富，形塑了他獨樹一幟的風格：以科學幻想的意境諷喻現實，將荒誕不經的遐思與重大的社會政治寓言合而爲一。從他五〇年代問世的《自動鋼琴》（*Player Piano*, 1952）以來，他完成了近二十部作品，其中大多是長篇小說，兼及短篇故事、舞台劇和評論集。

想像如鋼線撥入高空向宇宙深處遠航

他早期的作品主要採用傳統的藝術手法，科學幻想的成分比較突出，因此在五〇年代他被視爲一般的科幻小說家。其中的內容，或上溯渺茫混沌，直觸時空的核心，想像如鋼線撥入高空向宇宙深處遠航，進入神秘不可捉摸的領域。馮內果有時運用星際空間宏闊開放的場域，以極盡誇張矯飾的描述，指出人類行爲的毫無意義。在《自動鋼琴》裏，作者描繪一個陰黯不明的未來視景，故事主要的衝突源自人類和機器之間所衍生的衝突。物據雕鞍人做馬，人爲物役的局面是以一架自動演奏的鋼琴表現出來。一位傑出的藝術家的演奏竟然被一部機器所複製、摹仿，演奏者本人則成了無用多餘的廢物。小說反映了現代人的困境和尷尬。人類生活在荒誕詭譎的世界裏，隨時隨地皆可能被異己的力量所吞噬和剝削毀滅。如何努力維護獨立自主的特性，掙脫別人所設置的陷阱和圈套，一直是身處於複雜的西方社會裏的當代人所面臨的一個重大課題。

第二部作品《泰坦星的海妖》（*The Sirens of Titan*, 1959）探討處於荒謬神秘的宇宙中，人類經常遭受到的愚弄和利用，在變動不居的事件中，人類常不由自主地變爲祭品。作者慨嘆科學雖然發達可以遨遊無窮之域，但是人類卻未必能按個人的自由意志行事，人類也未必能主宰自己的命運。處處受外力的制約，爲別人所利用，主角在火星上被剝奪了記憶和思維的能力，只有聽人差遣擺佈。主角在泰坦星上最後的日子裏，由一個自私無知、放蕩不羈的人頓然變成了謙恭有禮、奮發進取，終於明白愛的眞諦，人類要尋求生活的意義，必須向內心探索，不假外求，不是到外部獵奇。一心想駕馭控制別人，最後還是不會明白愛，必然孤獨無依，在廣漠荒寒的宇宙中永遠漂泊了。

《夜母》（*Mother Night*, 1962）表面是描述一位充當希特勒英語廣播員的美國情報人員的故事。故事的場景，仍是一個缺乏眞理的世界，人類陷入一個多種力量相互頡頏競爭的泥沼中，扮演著自相矛盾的角色。在這部小說的序言，作者曾提出一段發人深省的話：「人類是自己虛僞建構出來的東西，因此，對於一切的巧飾僞裝，我們都輕忽不得。」人類之所以不能以眞面目顯現在世人面前，按照個人的理想和自我的意志獨立生活，除了人性本身的缺陷外，外在無情殘酷的世界也是主因。故事的主人翁自己承認無法明辨是非，因此犯下背叛殘忍、違背良知的罪行。但是，他也暗示人類一切的愚昧罪行的根源或許是瘋狂而失去理性的世界所逼。個人的行爲只不過是「無盡的黑暗」——「黑夜母親」的產物。作者援引了《浮士德》的名言做爲作品的標題，寄意遙深。在這茫茫黝黯的黑夜中，善與惡、是與非、好與壞，一切都撲朔迷離、顚倒逆轉、混淆不清。

空間旅行與時間旅行是人類最後的撤退

《貓的搖籃》（*Cat's Cradle*, 1963）是一部「末日小說」，旨在說明一切都是謊言。人類一面追求和平，一面卻又竭力製造核武。科學家的「瘋狂」在於他們的「無知」。「原子彈之父」的發明在廣島毀滅數萬生靈之際，他本人卻在哄孩子玩「貓的搖籃」的遊戲。（這是一種用一圈繩子繞在雙手指上，翻出叫做「貓的搖籃」的花樣哄小孩玩的遊戲。）作者藉此象徵一切虛假僞善的東西。馮內果批判人類，爲了要攀登科學的頂峰，欲窺探宇宙的奧祕，卻又不能把知識用於造福人類的目的，其結果將導致自我毀滅。此外，馮內果也以諧擬的口吻，探討人類爲了祛除貧苦和疾病，僅憑社會改革是不足恃，《貓》書曾有人想藉著建立一種「渴望遞滅的宗教」拯救生靈於塗炭，最後卻帶來苦難和死亡。

《金錢之河》（原譯名為《上帝保祐你，羅斯瓦特先生》〔*God Bless You Mr. Rosewater*, 1965〕）描寫一個大資本家「還財於民」的故事。小說中對於人類瘋狂的鶩逐金錢的習性，有著辛辣而犀利的剖析。主人翁家族的發達史就是一部巧取豪奪的歷史。人人交相利：好比一位好的飛行員一直應尋找一處降落地點，有心人理應尋找大筆金錢要轉手的時機，抓住一切機會中飽自己。故事的主人翁雖有博愛善行的義舉，反被視為「異端」和「瘋狂」。畢竟，這個腐朽透頂的世界並不是一兩個慈善家良心發現就能改變的。主人翁做了許多好事，竟然還有人被收買到法院做偽證。看來在這個世界上，一切只能求「上帝保祐」了。人性的淪喪，莫此為甚。

在馮內果的小說中，被動屈從、順服接受和壓抑克制是人類在面臨困境無計可施而想出來的辦法。《第五號屠宰場》（*Slaughterhouse-Five*, 1969）把科幻小說與現實境遇治於一爐，描述人類的生活與人類的感情脫節失序的窘況。一九四五年，德勒斯登遭到轟炸，馮內果和其他戰俘在地下貯存獸肉地窖裏過了一夜，逃避頭頂上的一場狂轟濫炸。這次空難的躲避有極深刻的象徵喻意，象徵人類不時掩埋自己以求生存的方式。

小說的主人翁畢勒．皮爾格林除了在戰場上有過九死一生的經驗，他小時候學游泳也有過失去知覺、差一點溺斃的經驗。馮內果描述許多面臨生死邊緣或受苦受難的人所採取的方式是冷靜超然根本就不去想它。把自己掩埋在池底下、地底下或是宇宙底層，人類可以無視時間與空間的存在，任憑自己的心靈自由飄蕩，八方馳騁。

馮內果運用科幻小說的技巧，安排主人翁一次飛往特拉法馬鐸的航行。這次的經歷讓他認識了四度空間，也學會了如何看待死亡，認爲當人死去時，他只是貌似死去。對於死亡、戰爭和人類的冰原，馮內果的回答是飛向太空。在許多描述畢勒・皮爾格林飛往特拉法馬鐸旅行中，馮內果暗示空間旅行或時間旅行是最終的撤退，是空虛之苦的終結。當你從特拉法馬鐸上，登高俯瞰芸芸眾生的一切，你頓然會覺得人類的得失成敗是非對錯皆微不足道。特拉法馬鐸不僅提供了僅次於永恆事物的優越地位，而且提供了在星際中浩邈無涯冷寂空洞的背景以觀察人間世。（畢勒有通天下地穿越時間旅行的本領，能在過去、現在、未來的永恆時空裏隨意馳騁。因此，他睡覺時是個年邁的鰥夫，醒來卻是正當新婚燕爾；走出門是一九五五年，到了門外卻是一九六六年。他看到過自己無數次的生與死，他的一生不過是在碧落與黃泉、生與死之間對某些事件隨意做旅行探訪。）

這篇作品的副標題是「孩童的十字軍」（The Children's Crusade），借用了中世紀誘騙兒童送死的事，影射當代戰爭機器同樣將無數年幼無知的人送去當炮灰。馮內果借主人翁畢勒之口要住在特拉法馬鐸的人告訴他，星球上的人是如何和平相處，畢勒要把這個訊息帶回地球，好讓人類得救。

馮內果在六〇年代陸續出版的三部長篇小說《貓的搖籃》、《金錢之河》與《第五號屠宰場》，是他創作的高峰，極受西方評論界推崇，在大學校園的青年學子中還出現了不少「馮內果迷」。評論家也不再視馮爲一位恣肆於詭譎怪誕的世界或往來倏忽於太空科技的幻想而已；

馮更關心的是二十世紀人類與社會的關係，只不過他的口吻略帶辛辣諷刺，擅於鎔鑄一些科技知識罷了。六〇年代美國文學所掀起的黑色幽默（Black Humor）風潮自然也帶給他不小的衝擊，在五〇年代到七〇年代的創作生涯中，可以《冠軍的早餐》（*Breakfast of Champions*, 1973）做爲總結。

唯有撲朔迷離的幻想能帶給絕望的人類一絲時隱時現的朦朧光彩

馮內果對於人性的看法極爲悲觀，認爲人類常有自毀的傾向。而他有一種極爲獨特而且古怪的念頭，相信人類創造毀滅自己的能力是無止境的。縈繞其心揮之不去的陰影，正好也是二十世紀全人類所面臨的一些問題，諸如：人口爆炸、環境污染、種族歧視、資本家的貪婪、機械至上、毒品泛濫、全球戰爭和種族滅絕等，不一而足。馮內果認爲，人類爲自己創造了許多機械化、化學合成或以消費導向的虛假文明（an ersatz civilization）；但是在創造的過程裏，人類也逐漸物化而喪失自我。因爲科技的過度發展導致生態的失衡；經濟上財富分配的不均催化了社會架構的崩潰。馮內果也不相信未來會有不同；只要人性不變，人類的未來恐怕仍然介乎好與壞的灰色地帶游移飄蕩。

《冠軍的早餐》是假托一位名叫費爾鮑．史塔奇（Philboyd Studge）做爲故事的敘述者，向讀者描述二位孤獨而瘦弱、有相當年紀的白人在一個即將殞滅的星球上相遇的故事。一個是科幻小說家吉爾戈・圖勞特（Kilgore Trout），另一位是汽車商德韋恩・胡佛（Dwayne Hoover）。圖勞特寫了一本書，其中描寫「宇宙造物主」創造了許多生物，其中有一個是試驗品，唯有他能憑自由意志，當家做主，其他的生物皆只是按照上蒼計畫行動的機器。胡佛讀了圖勞特的書後，認爲自己就是那個創造者的試驗品，周遭的人都只是爲了刺激他，來完成這個試驗的機器，因此，他相信他們無知無覺，不知痛苦。在一次宴席上他失神瘋狂，把許多人打成重傷。

反對把人變成機器是馮內果作品一貫出現的主題，幾乎可以說是二十年來貫穿在他全部創作活動的中心思想。在《冠軍的早餐》中，作者揭示的正是資本主義社會，科技發展的極至，難免會把人類當做機器了：「每個人似乎都在搶奪他們能夠攫取到手的一切東西，特別能搶的人就像神仙似的富足。」在整個宇宙大運動中，物質和機器取代人的主體性，宰制人類。馮內果在故事中，以各種譬喻來闡明這一個觀點，黑色幽默的意涵十分濃厚。因此，一對吵嘴的夫婦是「打架機器」，打架的原因是女的想讓男的成爲「造錢機器」，男的想讓女的成爲「家務機器」，男的一怒之下趕走女的，後者就成了「哭泣機器」，男的就跑去找他的朋友「喝酒機器」和「性愛機器」，後來男的悔悟成了「道歉機器」，女的受了感動成了「原諒機器」。作者以類似這種舖天蓋地、滑稽突梯的比喻，表現了小說的主題，揭示了作者對於人類喪失主體性和對於世界絕望的感慨。

馮內果在《冠》書結束的地方，借用敘述者史塔奇之口，對小說中一再出現的人物，科幻小說家圖勞特說：「圖先生，我快過五十歲生日了。在未來的不同歲月中，我要以托爾斯泰解放農奴的心情，使自己得到淨化和新生。托爾斯泰解放了他的農奴，托馬斯・傑佛遜解放了奴隸。我要使所有曾在我的寫作生活中忠實地爲我服務的人物得到自由。」表面上，作者雖然明言將向陪伴他近半世紀的小說人物道別，但是他七〇年代後半期到八〇年代的作品，依稀呈現他慣有的筆觸，只是更加凝鍊濃縮而已。馮內果擅長用短小精悍的語句章節、虛實相間的場景來捕捉急促跳動的時代脈搏，這種形式本身也與機械化的社會節奏遙相吻合，彷彿電影中的蒙太奇，形塑了呼應、懸念、對比、暗示、聯想的效果。此外，科幻小說的模式也讓讀者有置身於神秘奇幻的世界中。一則強調人類不僅在地球上或宇宙間，不僅在眼前或未來，人生都顯得毫無意義，既荒誕又孤獨；一則表明現實的醜惡，只有在想像中才能得到抒解，唯有撲朔迷離的幻想能帶給絕望的人類一絲時隱時現的朦朧光影。這段時期的重要作品，包括了《鬧劇》（*Slapstick, or Lonesome No More*, 1976）、《囚犯》（*Jailbird*, 1979）和《槍手狄克》（*Deadeye Dick*, 1982）。

一定要在一個本來沒有道理的世界講道理，當然令人疲憊

在《鬧劇》的前言裏，馮內果談到創作小說的方法，他相信「書中的文章相互之間不需要有什麼聯繫，但作者需要做精心的選擇，好讓整體讀來能產生一種綺麗的、驚詫的、深邃的生

活形象。小說不需要有開端、中心、結尾、情節、道德、寓言、效果。」因此，他的後期小說一般都沒有主要故事線索；沒有結構和細節的描寫，寥寥數筆勾勒出人物和環境；大量的插曲交錯，增加小說明快跳躍的節奏；以誇張跡近荒謬的手法，彰顯紛亂的社會現象，和隱蔽詭異的人類心理。在故事的敘述中經常用黑色幽默的口吻插入作者本人或人物的議論，這些議論有時喧賓奪主，反而成爲小說中的主要內容。而作者總是把這些議論濃縮成警策性的句子，俾能做到言簡語奇、含義深切而精警動人。不論是諷刺崇尚金錢拜物的「民主」與「司法」制度爲主題的《囚犯》，或是誤觸中子彈爆炸的《槍手狄克》，這些照馮內果看來都是歷史的錯誤、人類的災難，是荒謬世界裏無法逃避的現實，因此只能以黑色幽默一笑置之。

即使到了九〇年代，馮內果對於複雜轇轕的現代世界仍然無法完全理解。他仍然用渲染潑墨的筆調和亂針刺繡的章法來襯托現代社會的荒謬和混亂，用玩世不恭的態度對現代世界進行冷嘲熱諷，文筆犀利幽默，語言在精煉中表現出豐潤，能隨物賦形，依然極具功力。

只是，面對荒誕世界裏一切荒誕的事物，諸如戰爭、暴行、失望、痛苦等，作家仍然很難正正經經地找到答案。充其量只能像馮內果一樣讓讀者跟著他含著眼淚微笑。（馮內果在《冠軍的早餐》裏給自己畫了一幅漫畫：鼻孔冒煙，兩眼流淚，表示他既悲傷又忿怒，這幅自畫像表達了他的眞實思想和感情。）人類對於令人絕望、異想天開、蠻橫殘暴的事物不斷冷眼旁觀，甚至無動於衷，就像馮內果的代表作《第五號屠宰場》的畢勒一樣，最後只能拋下一句：「事情就是這樣」（So it goes）這類嘲弄性的天問語氣。探索人性，卻有著更多的疑惑。套用

《冠軍的早餐》裏科幻小說家圖勞特的話來說：「一定要在一個本來沒有道理的世界老講道理，當然是令人疲憊的。」在這個沒有道理的世界上，我們只有學習馮內果以謙卑的態度和幽默的雅量，包容人類的一切了。

陳長房，美國印第安那大學比較文學博士。

導讀

集體屠殺的兩個面貌

東年

本書的故事主角拉伯・卡拉貝金安是亞美尼亞人後裔，第二代美國移民。

亞美尼亞位於亞洲西南部的高加索，是第一個以基督教為國教的國家。在帝國主義橫行的時代，土耳其人和德國人曾聯手加以滅族性的屠殺；這些聰明而且有高度教養的亞美尼亞人從家中、工作場、遊樂場、教堂、學校或任何地方，被趕到鄉間斷絕食物、水以及遮風避雨之所，竭盡所能地射殺和鞭撻，至死方休，而由兀鷹、野犬、兔、鼠和蟲蛆來處理善後。

拉伯・卡拉貝金安的母親在屍堆中裝死求活，是這場百萬人集體屠殺的劫後餘生。

拉伯・卡拉貝金安生於一九一六年美國加州，有繪畫天分，曾經熱中並學習插畫。二次大戰時，他服役的工作是與一群藝術家為伍，從事偽裝欺敵，比如：令德軍產生幻覺，以為聯軍防線的後方有一些事實上不存在的危險。年輕的時候，在紐約工作，他經常與一群所謂抽象表現主義的年輕畫家聚會，有時候這些生活拮据的畫家會送他畫以回報他的慷慨接濟；如此，他在日後變成這個畫派的大收藏家。第一次婚姻，因為他辭去人壽保險公司的工作，沉迷繪畫創作和酒癮而被妻子遺棄。他的第二任妻子留給他一筆財富：田產、股票和公債。賣畫和這筆豐富的遺產，使他長年過著寓公的舒適生活。

西元一九八七年，拉伯．卡拉貝金安七十一歲，他已經有幾十年不曾再作畫，算是個過氣的老畫家，這時候他想寫下自己一生的細節；這，就是本書的故事。

抽象表現主義這名詞，在解釋康丁斯基（Wassily Kandinsky）一九一〇年到一九一四年的繪畫時已經產生了，一九四六年應用於美國畫家高爾基（Arshile Gorky）的作品時才普遍使用，用以界定二次大戰後在美國流行的非幾何性抽象藝術：諸如庫寧（Willem De Kooning）、葛特列伯（Adolph Gottlieb）等既非抽象和羅斯可（Mark Rothko）、克萊恩（Yves Klein）等也非表現主義的紐約畫家作品。這種行動繪畫強調物理運作的重要，藝術家表現自我的意義並不在於作品的結果而在於創作行爲的本身，也就是說在無心的造形及顏料自由滴流時產生的形態中表現潛意識的自我。這派畫家不具統一的風格但具有共同的特徵：反對附和既有的風格和陳舊的技巧，放棄傳統的價值觀念，敢於要求自發性的率直表現。這種主義，因此，可被解釋爲一種生活方式，一種反映或解決現代文明繁雜困窘的行動方法。

拉伯．卡拉貝金安年輕時在紐約交往的那一小群畫家，就是這個畫派的核心人物或始祖。他自己幾乎也領此風騷；他自己一幅五百一十二平方英呎的鉅畫《溫莎藍色十七號》，其完成和毀滅情況被拍成兩張幻燈片，在藝術欣賞供教學使用，而且有一家公司買去掛在大廳，用來誇示這家老字號不僅在技術上跟得上時代在藝術上也不落後，這幅壓克力材料畫的壁畫，根據當時的廣告，被宣稱爲可以比蒙娜麗莎的微笑更耐久，但不久以後卻因未曾意料的化學變化使得壓克力以及彩色膠帶所表現的畫作自行分解，留下一張空白的帆布，其乾淨的程度足以重新作畫。

本書到處會爆開這類詼諧的景色。這種諧擬和自我嘲諷，旨於譏刺現有的體制與文明，乃是馬克吐溫以降的一種美國文學的傳統。本書作者馮內果，即是其中一位重要的代表作家。他的早期作品類似科幻小說，之後將科幻、夢幻和黑色幽默熔於一爐而有獨樹一幟的風格，並且擅長以口語陳述的文體和輕描淡寫的風貌呈現悲情的視野。

透過拉伯・卡拉貝金安的懺悔回憶，馮內果引導我們另一種世界地圖和生活內容的看法：

如果你去歐洲，那些城市還倖存的話，你在路邊咖啡座坐上數小時，啜飲咖啡、酒或啤酒，和人高談闊論繪畫、音樂和文學時，千萬別忘了，身邊這些你以爲比別的人文明許多的歐洲人，其實心中只期待一件事：期待人類相互屠殺或毆打成爲合法的時刻到來。

在因演化或上帝造化或其他基因控制發展的情形下，爲了使小家庭繼續生存下去，爲了鼓舞小家庭的成員，才使得他們之中有人可以在營火邊說故事，有人可以在洞穴的牆上作畫，也有人天不怕地不怕等等。那正是我一直視爲理所當然的，而現在，這種發展早已不具任何意義，因爲中等的天賦早已敵不過印刷品、電視、收音機、衛星等，而變得毫無價值。

集體屠殺，這種野心勃勃的計畫所面對的問題和工業界十分相似：重點只在於如何以廉價而迅速的手法，宰殺這一大群生物。

如果有人發現生命原來是這麼回事時，那一切已經太遲。

東年，作家，現任歷史智庫出版公司社長、歷史月刊總編輯、聯合文學顧問。

作者的話

這是一部小說，一部捏造的自傳。不能被當作是抽象表現主義——美國本土所產生的第一個重要藝術運動的可靠歷史。這只是一部我個人對某些東西的特殊反應的歷史。

從來沒有拉伯・卡拉貝金安這號人物，也沒有泰瑞・奇峻、塞西・伯曼、保羅・史賴辛格、丹・格瑞格利、艾蒂斯・塔夫特、瑪莉莉・坎培，或是本書中其他的主要人物。至於其他我所提到的著名而眞實存在的人：就可證實的範圍內，我並沒有描寫他們所未曾做過的事。

也容我這麼說吧，書中所提到的許多事物，大多是由於我受到過去一個世紀以來，人們賦予藝術作品的漫天價格啓發而來的。數目驚人的作品資產的集中，已經使得少數的人或機構，得以在人類某些形式的娛樂中，注入不恰當而且憂傷的嚴肅氣氛。我相信這種情形不只發生在藝術界的爛泥裏，也發生在孩童的遊戲中——跑，跳，抓，丟中。

也許在舞蹈中。

或在歌唱中。

我們在此攜手共度，不管要度過的是什麼。

——馬克・馮內果博士

（一九八五年，致作者信）

藍鬍子

拉伯・卡拉貝金安的自傳

（1916-1988）

獻給塞西・伯曼

我還能說什麼？

——拉伯・卡拉貝金安

1

當我爲這部有關我生命的故事寫下「結束」二字時，我深深覺得有必要趕緊回到書的最前面加寫一段話。這個舉動一如跑到前門，向應邀來訪的客人致上歉意：「我原先答應寫篇自傳的，但調理過程中出了一點岔錯，把這篇自傳同時變成了記敘過去那個混亂夏日的**流水帳**。當然，如果不合各位的胃口，我們還是可以換個口味，吃片披薩。所以，還是說聲：歡迎光臨。」

・・・

我是已過氣的美國畫家拉伯・卡拉貝金安，一名獨眼男子。我是由第一代移民的雙親，於西元一九一六年生於加州的聖・伊格納修，而於七十一年後的今天寫下自傳。懶得算數的話，現在是西元一九八七年。

天生並非獨眼的我，是在第二次大戰即將結束期間，於盧森堡率領一排兵工時失去左眼的。這群兵工可謂集繁華世界之龍蛇藝術家之大成，雖然當時我們專攻僞裝，但卻和一般大頭兵一樣，正爲各自的生存掙扎著。這個單位全由藝術家組成，因爲軍隊中有個理論認爲，只要是藝術家，對僞裝易容就會有一手。

於是，我們就這麼上了戰場，也不負所託。我們令德軍產生幻覺，以爲我方防線後，有一些事實上並不存在的危險。是的，而我們也受到特殊待遇，能像一般的藝術家一樣過活，毋須顧忌軍隊的禮節與衣著。我們也並不隸屬於一個師或一個團，而是直接受命於同盟國軍隊的最高總部。總部的人會把我們臨時派給某個風聞本單位的神奇幻術的將軍，這名將軍就會成爲我們的臨時老闆，先是任我們爲所欲爲，而後就是對我們的成果感到驚異，最後，則是感激萬分。

然後，我們就再度啓程，移師他方。

由於我是招募入伍的，並且在美國參戰前二年位階已達少尉，所以在戰後我的官階至少也可達到中校。但我婉拒上尉以上的晉升，以便能繼續留在這個三十六人的大家庭中，這是我第一次和這麼大的家庭共處。我第二次與這種大家庭共處的經驗，是在戰後，那是當我和一群畫家成爲好友，並進而成爲其中一份子時體會到的。這群畫家也就是歷史上稱之爲抽象表現派的始祖。

・・・

我的雙親原本在歐洲所擁有的家庭都比我先前敘述的家庭來得大——而且，都是眞的**血親**。他們於土耳其帝國對亞美尼亞人的百萬大屠殺中，痛失這些血親。這些亞美尼亞人由於兩個原因被視為危險民族而遭屠殺：一是由於他們既聰明又受過較高的教育，二是因為這些人有親戚屬於國界另一端的敵國，也就是蘇俄帝國。

那是一個帝國主義的時代，和現在並無兩樣，只不過當時的國家並不那麼善於偽裝。

・・・

和土耳其帝國聯合的德意志帝國，派了一群殘酷的軍事觀察家前來審核這一場本世紀的第一次殲滅行動，這種計畫性的摧毀在當時甚至還於史無據、無以名之。因這次屠殺所創造出的新名詞，現在則舉世皆知其定義為一場詳密計畫，用以殲滅一個族群，不論男女老少皆格殺勿論的行為。

這種野心勃勃的計畫和工業界所面臨的問題十分相似：重點只在於如何以廉價而迅速的手法，宰殺這一大群生物，確保無一得以倖免後，再想辦法處理堆積如山的屍骨。土耳其雖然是這個行動的先驅，並沒有經營大事業的本事，也未曾使用特殊的工具來完成這場行動。而相反地，德國人則在二十五年後，在同樣的行動上展現了他們在這方面的才能與技術。土耳其人只是把所有他們所能找到的亞美尼亞人，由家中、工作場、遊樂場、膜拜場、學校，或所有可能的地方，趕到鄉間，斷絕他們食物、水以及遮風避雨之所，竭盡所能地予以射殺、鞭撻，至死方休，而由兀鷹、野犬及兔、鼠，甚至蟲蛆來處理善後。

而我的母親，當時依然小姑獨處，則只能在屍體中裝死以求生存。

我的父親，當時還未娶，則在軍人前來時，躲藏在他所任教的學校廁所內。當時學校正放學，我未來的父親則留在學校寫詩，這是他有一回告訴我的。不久，他聽見軍人前來的聲音，明瞭他們的意圖。父親從未眞正聽到或目睹任何殺戮的行爲。對他而言，那個村子的死寂，使他成爲當地唯一的住民，在黑暗中全身覆滿了尿與屎，就是他對這次大屠殺行動最難以磨滅的恐怖經驗。

・・・

雖然母親對那個古老世界的經歷遠較父親更爲悚慄，因爲她曾身歷其境，但她似乎已設法遺忘了大屠殺的一切，而在美利堅合眾國找到了無數欣喜，開始夢想在此架構一個家園的遠景。

只可惜，父親**從未**能把這件慘劇忘懷。

・・・

我是一名鰥夫。我的第二任妻子，艾蒂斯・塔夫特於兩年前過世。她所留給我的這幢位於長島東漢普敦臨海的房子，有十九個房間，是她來自俄亥俄州辛辛那提市的盎格魯薩克遜家族傳了三代的家產。當然，她的祖先可能從未料想到，房子最後竟落入一個擁有拉伯・卡拉貝金安這樣的怪名字的人手中。

如果他們的魂魄還在，那他們一定是以英國國教的好禮節待在屋中，因爲至今，無人發現他們的存在。如果我在樓階上曾會過他們的幽靈，而其中一名指責我無權擁有這幢房子時，我會告訴他們：「去向自由女神抱怨吧。」

・・・

可愛的艾蒂斯與我，有二十年快樂的婚姻生活。她是美國第二十七任總統、第十任高等法院大法官威廉・塔夫特的孫姪女，而她死去的前夫是一名辛辛那提運動員兼投資家，名爲小李查・費爾班。小李查的先祖查爾斯・費爾班，是一名印第安那州出身的參議員，而後成爲羅斯福總統任內時期的副總統。

我們兩人的相識，早在她丈夫死去之前。那時我不停地鼓吹她以及她的丈夫，把空下來的馬鈴薯倉租給我作畫室，雖然那幢房子並非他的資產。當然，他們從來沒當過馬鈴薯農。他們當初只是把鄰近農家靠北方、遠離海灘的那塊地買下，以防那塊地被開發，因此也順便買下了那塊地上的穀倉。

艾蒂斯與我原先並不熟稔，直到她的丈夫過世，而我的首任妻子桃樂絲帶著兩個兒子：泰瑞與亨利棄我而去後，才開始相互熟悉。我把位於此地北方六英哩的泉村的房子賣了，把艾蒂斯的穀倉視爲畫室兼住屋。

附帶一提，那個似家非家的居所，無法由主宅看到，而目前，正是我執筆寫作的地方。

．．．

艾蒂斯與第一任丈夫並未留下子女，而當我把她由費爾班夫人變爲卡拉貝金安夫人時，她已過了生育的適當年齡。

因此，我們可以稱得上是一個十分簡單的家庭，落戶在她這幢擁有兩個網球場、一個游泳池、工具房，以及馬鈴薯倉組成的大家園中，而這還包含了長達三百碼、臨大西洋的私人海灘。

我的兩個兒子，一個名爲泰瑞，那是我用來紀念已過世的藝術家泰瑞．奇峻；另一個名爲亨利，則是我以本身最羨慕的畫家亨利．馬諦斯命名的。看倌也許會以爲他們兩人必定樂於攜家帶眷前來享受這片沙灘吧。泰瑞目前有兩個兒子，亨利則有一個女兒。

但是，他們根本不搭理我。

「那就算了，算了！」我以精心修飾過的狂野音調哭喊著，「誰稀罕！」——很抱歉，天外飛來了一筆。

．．．

可愛的艾蒂斯，正如天下所有的母親一般，即使這個家中只有我們兩人，又有傭人服侍，她還是爲這幢維多利亞式的家產裝綴了愛與美，爲家事投注無數心力。她褪下一生所享有的特殊身家光環，和廚師一同烹調，與園丁共同蒔草，自己採買食物，餵養寵物與小鳥，並和兔子、松鼠與浣熊結爲密友。

但我們也常舉行宴會，有些訪客甚至會住上數星期之久，大多數都是**她的**親朋好友之類。我已說明過自己這邊的親人與我的關係以及他們的遭遇。僅剩的少數血親和我十分疏遠，而那些戰時和我親如家人的袍澤，則有一些已死於一場小戰事中——就是那一場戰事使我成爲階下囚，並失去一隻眼的。而那些倖存者，則自事後未曾再聽說過他們的發展。也許，那些人並不像我喜歡他們一般地喜歡我吧。

這樣的事常常發生。

而我的另一個後天大家庭，抽象表現主義的諸公們，則大多已凋零殆盡。死因由年老凋萎到自殺均有。而僅存的幾個則一如我的血親，根本不搭理我。

「那就算了，算了！」我以精心修飾過的狂野音調哭喊著，「誰稀罕！」——很抱歉，又天外飛來了一筆。

・・・

我們手下的傭僕在艾蒂斯過世不久全辭職了。他們說這房子變得太寂寞難耐了。於是，我只好再請一批新人，給他們一大筆錢來伴隨我以及這一片寂寥。當艾蒂斯活著時，這房子生氣蓬勃，園丁、兩名傭僕，以及廚子都住在這裡。現在，則只住了一個廚子，如我所述，是新任廚師，她與她十五歲的女兒現在占了三樓傭僕區的所有地盤。她離過婚，是個土生土長的東漢普敦人，我猜她大約四十歲吧。她的女兒，莎萊斯，並沒有幫我做事，只是住在這裡，白吃我的食物，白用我的網球場、游泳池，還在沙灘上招待她那群吵鬧而且刻意無視於我的存在的朋友。

她和那群朋友完全忽視我，把我當成某個已經被遺忘的戰役裡退下來的老兵，以爲我像一個博物館守衛般，成日沉緬在往事的殘磚片瓦中。爲什麼我該對此感到惱怒？這幢房子除了是個家外，還是抽象表現主義作品的私人收藏所，而且我已有幾十年沒動手做過一件有價值的工作了，所以，我被稱之爲是博物館守衛又有什麼不對？

而我也竭盡一名支薪博物館守衛的職責，在能力範圍內，解答陸續造訪的訪客由各種不同方式所提出的問題。當然，這個問題都是：「這些畫到底有什麼含意呢？」

．．．

這些除了是其本身所呈現的樣子外什麼也不是的各式畫作，早在我與艾蒂斯結婚之前就已是我的所有物了。這些畫作的價值，絲毫不亞於艾蒂斯遺留給我的這片田產、股票及公債，還包括辛辛那提虎職業足球隊四分之一的股權。所以，別人是不能把我污損成美國的逐金者的。

我可能是個不太高明的畫家，但卻變成一名不賴的**收藏家**。

2

艾蒂斯死後，這裡顯得寂寥異常。我們所擁有的朋友，都是她的朋友，而非我的。畫家們都避開我，因爲我本身作品的荒謬招致一些附庸風雅的人非議，認爲**大多數**的畫家不是充內行就是眞傻子。不過，如果我因此而必須孤單，還是耐得住的。

我從孩提時代就與孤單爲伍了。經濟大蕭條時，我也在紐約市與它相伴數年之久。當第一任妻子與兩個兒子於一九五六年離我而去，而我自己放棄畫家生涯的時刻，我則已能求寂寞而得寂寞，無入而不自得了。我作了八年的隱士。對一個受傷的老兵而言，把隱居當成全職工作的主意還不賴吧？

· · ·

而我**確實**也有一名全然屬於我的朋友，就是小說家保羅·史賴辛格，一個和我一樣的二次大戰傷兵。他一個人獨睡在**我**位於泉村的老家隔壁。

我說他**睡在**那裡，是因爲他幾乎每天白天都到**這裡**來。就連現在，也可能蟄伏在這片田產的一隅，不是在看網球比賽，就是坐在沙灘上望著大海，或是和廚子在廚房打橋牌，不然就是從所有的人與事前消失，躲在沒人會去的倉房那一端，靜靜地看書。

我認爲他現在早已不太執筆了，就像我早已**封筆**數年一般。我甚至不會花精力、時間在電話旁的備忘錄上塗鴉。幾個星期前，我意識到自己竟然有這些動作，於是我立即刻意把鉛筆的筆心弄斷，把筆折成兩截，然後把殘骸丟進垃圾筒，就好像它是一條企圖毒傷我的小響尾蛇。

．．．

保羅是個窮光蛋。他每星期在我這裡用晚餐四、五次。而白天時，他則任意取食我冰箱或水果籃中的食物。所以，我可以肯定，我是他營養的主要來源。我曾在飯後數次向他提議：「保羅，你爲什麼不把房子賣了，手邊留點錢，搬到這裡來住？你看看，我家的**空房**多得是，而我不可能再娶或是交女朋友了，我想你也不可能。老天，誰會看上我們兩個？我們兩個看來活像滿身傷痕的四腳蛇。所以，還是搬過來住吧！我不會打擾你，你也不會干擾我的。還有什麼比這更合情合理的呢？」

他的回答和下面這句話總是八九不離十。他會說：「我只有在家才能寫作。」而那個家，只有一台毛病多多的冰箱，還有他形單影隻一人。

有一回，他還批評過我的房子說：「誰能在博物館裡**寫作**？」

那麼——現在我正嘗試的，就是證實這件事的可行性。因爲，我正在這座博物館裡寫作。是的，這一切都是眞的。我，老頭子卡拉貝金安，曾在視覺藝術上抹黑過自己，現在，正打算向文學進攻。一個經濟大蕭條下的產兒，正以十分穩健的手法從事寫作，因爲我還繼續擔任博物館守衛的工作。

到底是什麼事激發了像我這樣的老頭子的靈感，而痛下改行的決心？答案，可得向女人尋找。

在我記憶所及，一個精力充沛、意見奇多、冶豔而相當年輕的不速之客，進入了我的居所。

她說她實在無法忍受我鎮日無所事事——所以，爲什麼我不做點事，**什麼事**都好。如果，我想不出有別的事可做，那我爲什麼不寫一寫回憶錄呢？

確實如此，我何不姑且一試？

她是如此地**言之成理**。

於是，我發現自己著手去做每一件她認爲我必須去做的事。在我與艾蒂斯二十年的婚姻生活中，親愛的艾蒂斯從未想過要我去做些什麼事。在軍隊時有一些將軍或上校，和這名新入我生命中的女子一般，曾要我做這做那，但他們畢竟是**男人**，而我們當時也正處於戰爭中。

這名女子究竟是敵是友？老實說，我根本不知道她是什麼。我唯一知道的是，除非她覺得自己狀況良好而且準備就緒，否則，她是不會輕言離去的。而這個念頭卻使我嚇得半死。

救命啊！

她的大名是塞西・伯曼。

・・・

她是一名寡婦。她的前夫在巴爾的摩是一名腦部外科大夫。在那裡，她也有一幢和這裡一樣大而空曠的宅子。她的先夫阿比，在六個月前因腦溢血死亡。四十三歲的她，認定這幢屋子是個理想的場所，決定在她為死去的先生立傳時，把此地作為工作及居住的地點。

我們兩人的關係毫無性慾的色彩。我足足比伯曼女士大了二十八歲，而且容貌已被歲月摧殘得只有狗才看得上。我真的看起來像隻傷痕累累的四腳蛇，而且還是隻獨眼的。反正，說有多難看，就有多難看。

我們相遇的經過如下：她有一日午後誤闖我的私人沙灘，因她並不知道那是私人的。由於她痛恨當代藝術，所以從未聽過我的名號。由於她在漢普敦半個人也不認識，所以暫居於離此一哩半的僕石旅店。她就是在那裡的公有沙灘開始漫步，而誤入我的私人沙灘的。

當時我正在海邊作午後小泳，而她則衣冠楚楚地出現，正做著史賴辛格常做的那件事：靜坐在沙灘上，癡望著海水。唯一使我介意她或者其他人出現在我海灘的原因，就是因為我外表上的缺憾。事實上，我必須得取下眼罩才能下水。而眼罩下的那隻眼，實在是一團糟，可以算得上是一個炒蛋吧。我會因為別人能就近看清我而感到窘困。

史賴辛格說，人類所遭遇的情況，可以用一個詞來總結，那就是：**困窘**。

・・・

因此，我決定不下水，而只在離她稍遠的地方做日光浴。

我確實也曾經靠上前去，向她說聲：「妳好。」

而這正是她詭異的回答：「告訴我你父母是怎麼死的？」

多麼詭怪的女子呀！她可能會是個**女巫**。除了女巫外，誰會有能力說服我寫自傳？

此刻，她才剛把頭伸進房裡，告訴我該上紐約市去了。自艾蒂斯死後，我還未進過城。其實，自她過世後，我幾乎足不出戶。

紐約市，我來了。這一切糟透了！

．．．

「告訴我你父母是怎麼死的？」她這麼說，我不敢相信自己聽到什麼。

「對不起，請再說一遍？」我說。

「說『你好』有什麼意思？」她說

她使我不得不停下來。「我一直覺得打個招呼總比什麼都不說好，」我說。「不過，也許我錯了。」

「『你好』，到底有什麼意義？」她說。

於是，我答道：「我一直以爲它就是你好的意思。」

「但是，它不是，」她說。「它的原意是，『別談論什麼重要的事。』它表示『我正微笑但並不代表我在傾聽，所以趕快走開。』」

她繼續絮絮不休地說她早已厭倦了假裝與人招呼的口氣。「所以，坐一下吧！」她說：「告訴老媽你的父母是怎麼死的。」

「告訴**老媽**！」老天，你根本無法拒絕。

她有黑直的頭髮和棕色的大眼，一如我的母親——但是，她比我的母親還高許多，甚至比我還高一些。而她的身材也比我那位到後來不管自己變得多胖、頭髮變得多糟或穿什麼衣服的母親，來得玲瓏有致一些。母親之所以對這些毫不關心，是因爲父親毫不介意。

於是，我告訴伯曼女士：「母親在我十二歲時過世的——死於破傷風菌的感染，想必是她在加州一家罐頭工廠工作時被感染的吧。那座工廠以前是出租馬車行，破傷風菌常常得以潛伏在馬匹內臟中，卻不致傷害馬匹，而後長期居留，長出小種苗，隨糞便排出。其中一些病毒因此滲入土中，潛藏在工廠下方，因某種原因被掘出後，再度四處傳開。經過長久的蟄眠後，它們終於找到天堂而甦醒，而那個天堂，就是我母親手上的傷口。」

「再會了老媽。」塞西．伯曼說。

那個**老媽**又再度出現了。

「至少，她因此而躲過一年後的大蕭條之苦。」我說。

至少，她因此也躲過親眼目睹她的獨子在二次大戰後變成獨眼龍。

「你父親又是怎麼死的？」她說。

「他在一九三八年死於聖·伊格納修的比丘劇場，」我說。「他獨自前往觀賞電影，從未想過再婚。」

他那時還住在初來美國時用來工作餬口的那家小店，而我則已在曼哈頓待了五年，在一家廣告公司當藝術指導。當電影結束時，燈光大亮，大家都回家去了，只有父親留在原地。

「那場電影是什麼？」她問。

我回答：「是由史賓塞·屈賽與富萊迪·巴瑟羅米主演的《英勇的船長》。」

·
·
·

只有上帝才知道，父親為什麼會去看那一部有關北大西洋鱈魚漁夫的故事。也許是他在過世之前從未看過這類電影。如果他曾看過其中的片段，想必是對這部片子中與他以前所見過或經歷過的一切都毫不相干，而感到一種悲哀的滿足吧？他對任何有關他在孩提時就了解而鍾愛，但如今卻已消失的地球上的一切事物都感興趣。

而這也正是他用來紀念他在大屠殺中死去的親友的方法。

·
·
·

也可以這麼說，在美國，他成了自己的土耳其人，不斷地擊垮而且貶損自己。他原可以接受英語教育，而在聖·伊格納修成為受人敬重的教師，再度提筆作詩，或者把他喜愛的亞美尼亞詩文譯爲英文。但這些工作不夠**羞辱**低下，沒有一件事夠低下，於是以他所受的教育，他成爲和他的父親及祖父一樣的人：一名鞋匠。

父親做鞋子的手藝不差，因爲他從小就學會這門技術，同時也是我從小學到的技藝。但如今他卻是這麼地**抱怨**。至少他以只有我和母親兩人才聽得懂的亞美尼亞語不斷自憐自艾。而在聖・伊格納修方圓百哩之內，也找不到其他的亞美尼亞人。

「我正在找尋莎士比亞，你們最偉大的詩人。」他在工作時會如是說。「你有沒有聽過他？」他對亞美尼亞文的莎士比亞作品瞭若指掌，經常會套用其中的句子。舉例而言，就他所關注的層面，他會把「存在或死亡（To be or not to be）……」唸成亞美尼亞文的「Linel kam chlinel……」。

「如果我說亞美尼亞語就把我的舌頭割下來。」他會這麼說。割舌正是十七世紀時，土耳其人用以處罰說土耳其語以外其他語言的人的方法。

「這些人是誰？我在這裡幹什麼？」當牛仔、印第安人或華人路過時，他會這麼說。

「聖・伊格納修何時會爲馬斯羅・馬許塔（Mesrob Mashtots）立一座塑像呢？」他會這麼說。馬許塔是亞美尼亞字母的發明人，這套字母與一般字母不同，早在耶穌誕生前四百年即已發明。附帶一提，亞美尼亞也是第一個以基督教爲國教的國家。

「一百萬，一百萬，一百萬，」他會這麼說。這個數字是一般人所承認的土耳其人屠殺亞美尼亞人、也就是我父母所逃過的那一劫的遇難人數。這個數目大約是三分之二的土耳其亞美尼亞人口，也正是世界約半數的亞美尼亞人。而現在的人口數大約是六百萬，其中還包括了我那不認識也不在乎馬許塔爲何人的兩個兒子外加三個孫子。

「馬沙・達許。」他會這麼說。這是在土耳其的一個小地方。一小群亞美尼亞人在那裡與土耳其士兵對峙了四十晝夜後，終於遭到殲滅。而大約就在當時，我的父母，以及尚在母親腹中的我，平安地抵達聖・伊格納修。

・・・

「謝謝瓦塔・馬明哥尼安，」他會這麼說。這是一個亞美尼亞民族英雄的名字，他在第五世紀時領導一支戰敗的軍隊與波斯人作戰。但父親所想到的馬明哥尼安，則是一名在開羅的亞美尼亞裔的製鞋商。開羅，這個龍蛇混雜的大都市，正是我的雙親在大屠殺劫後餘生後所前往的城市。也就是在此地，這名由前一回大屠殺中逃脫的鞋商，在前往開羅的途中，告訴我那天眞無知的父母，如果他們能想法子到加州聖・伊格納修，便會找到遍地黃金的天堂。而這個故事容我隨後再敘。

「如果有人發現生命原來是怎麼回事時，」父親會這麼說：「那一切已經太遲了。因爲我早就不感興趣了。」

「從來沒有令人沮喪的話，而天空也永遠萬里無雲。」他會這麼說。當然，這是一句由〈牧場上的家園〉這首美國歌曲中抄襲的句子。他把它翻譯成亞美尼亞文。他覺得這首曲子呆透了。

「托爾斯泰做鞋子，」他會這麼說。這當然是事實。這名偉大的俄國作家與理想主義者曾為生活所迫，而作了一陣子鞋匠。我也可能這麼說，如果我處在那樣的情形下，也會當起鞋匠的。

．．．

伯曼則說如果她為生活所逼，可以縫製**褲子**。如她在海灘上相遇時所言，她的父親在破產上吊之前，曾在紐約的拉卡瓦那擁有過一家製褲工廠。

．．．

如果父親能撐過那部由屈賽與巴瑟羅米主演的《英勇的船長》，而能活著親睹我在戰後的畫作，想必也會像美國大多數的民眾一般，對它們嗤之以鼻吧。那些作品有些甚至曾引起批評家的矚目，有些則在當時被我以好價錢出售。父親不會只對我的畫作惡意相向，他一定也會對我那些抽象表現派的夥伴們，像帕洛克、羅斯可、泰瑞・奇峻這些下場與我迥異，目前已被視為不只是美國、而是這整個鬼世界少有的奇才，報以同樣的冷嘲熱諷。但這些都是其次，最令我現在感到錐心刺痛的是，他會毫不遲疑地嘲笑我，他自己的親生兒子。

所以，我得向那個在兩週前的沙灘上向我詢及往事的伯曼女士致謝。她使我發現自己原來對已入土爲安長達五十年之久的父親，還懷有青少年期的仇憎！讓我把這個該死的時光機器關上吧！

但這具該死的時光機器是無從關閉的。現在，我必須好好想想，即使這是我最後一次想到他，如果眞的有此機會，父親會和其他人一樣，在得知我那些畫作由於未曾預料的化學反應，而使我在帆布、壓克力，以及彩色膠帶上所表現的東西自行損毀時，盡情地放聲嘲笑。

我所謂自行損毀的意思是——那些花了一萬五、二萬，甚至三萬元買我的畫作的人，會發現他們所面對的是一張空白的帆布，乾淨的程度足以重新再上畫，以及一小捆一小捆的彩色膠帶，還有地上一灘活像浸了水的爆米花的東西。

．．．

這一切都是二次大戰後的奇蹟造成的。如果讀者中有年輕一輩的話，我想，我得詳加解釋一番。二次大戰中有許多大決戰，宛如《聖經》中所說的，在世界末日善惡決戰的戰場。所以，奇蹟是一定要跟著出現的。即溶咖啡即爲一例。DDT殺蟲劑又是一例——它原打算殺死所有的蟲子的，而且也差點完成任務。而核能發電也差一點使能源便宜到不需再以錶計價收費，當然也可能引發一場未曾預料的戰事。再談談麵包與魚類吧！抗生素幾乎可以抗拒任何疾病。《聖經》中的拉撒路可能長生不死：也許，這些奇蹟還可以設計一個計策使上帝的兒子變爲廢物？

是的，戰後早餐出現了奇蹟似的食物，而不久，也許家家戶戶都會擁有一台直昇機。甚至還有神奇的纖維，不但可以用冷水清洗，還不必熨燙！這場戰打得還眞值得！

在戰時，我們有一個字用來形容由人類造成的極度混亂，叫做「**fubar**」，是由「搞得面目全非」（**fucked up beyond all recognition**）的字首字母組成的。當然，目前整個地球早就被那些戰後的奇蹟搞得面目全非了，但在一九六〇年代早期，我則是被人如此稱呼的先進中的一員，因爲，我的那幅壓克力壁畫，根據當時的廣告詞彙來說，可以說是「比蒙娜麗莎的微笑更耐久」。

那幅畫的名稱是《耐久緞藍》。如今蒙娜麗莎微笑如昔，而你附近的畫商如果在這個行業夠久的話，一定會當面嘲笑你向他詢及《耐久緞藍》。

・・・

「你的父親有浩劫餘生症候群，」伯曼那天在沙灘上對我說。「他爲自己沒和朋友親人共同遇難而感到恥辱。」

「甚至也因我沒有一起喪命而感到恥辱。」我說。

「就把它想成是出岔的高尚情操吧。」

「他是一個十分頹喪的父親，」我說。「我很遺憾妳又使我想起他。」

「反正我們已把他由記憶中拉出來，」她說。「你現在爲什麼不順便原諒他？」

「這種事我早已作了不下百次，」我說。「這回，我得學聰明點，爲原諒的行爲要張收據爲證。」我繼續堅持說，母親比父親更有資格患「浩劫餘生症候群」，因爲她曾在尖叫與血泊中，被壓在層層死屍下裝死，而在死亡的幽谷中走過一遭。而當時，她才只有廚子的女兒莎萊斯一般的年紀。

當母親躺在現場時，她正望著數吋之外一具無牙老婦屍體的臉龐。那名老婦張著嘴，口中及地上到處散著一些珠寶。「如果不是那批珠寶，」我對伯曼夫人說：「我就不可能成爲這個偉大國家的國民，也無權在此告訴妳說妳正闖入私人田產中。沙丘的另一端，就是我的房子。如果一名寂寞且無攻擊性的老鰥夫邀妳進去喝一杯，如果妳喝酒的話，然後再和另一名和我一樣無傷的老人，我的朋友共進晚餐，不知是否會使妳感到不悅？」我所謂的老友，是指史賴辛格。

她接受了我的邀請。晚餐後，我聽見自己對她說：「如果妳想留在這裡，而不住旅店，我們當然也十分歡迎。」我還像對史賴辛格保證過數十次一般地告訴她：「我保證不會打擾妳。」

所以，我們就打開天窗說亮話吧。我早先曾說過，我根本不知道她會跑來和我共處一室，其實老實說，是我**邀請**她來的。

3

她把我的生活以及這個家搞得一團糟！

我早該由她第一次和我說的那句話，就猜到她是一個如何善於玩弄人於股掌的人：「告訴我你父母是怎麼死的。」我的意思是，說這句話的人，就是那種善於支使他人，令人隨其心意團團轉的人。好像別人只是她手中的一只棋子而已。

如果我忽略了她在沙灘上所展示出的信號的危險性，晚餐時的一切則顯示出更多的證據。她表現得一如自己是花錢到一個精緻餐廳進餐的人。當她沾一口我才評為還不錯的酒時，整個臉都皺了起來，而且她還批評羊肉煮得太老，要史賴辛格把他們兩人的飯菜都送回廚房，並且揚言，當她還住在這裡時，要由她來安排菜單。因為她認為史賴辛格與我臉色蒼白，行止無力，正是由於我們的循環系統很明顯地受到膽固醇栓住而呈滯礙。

．．．

她實在很過分！她當時坐在一張帕洛克的畫作前，那幅畫不久前才有一位匿名的瑞士收藏家願意出兩百萬美元收購，她對著那幅畫說：「這房間實在不高明。」

於是，我對著史賴辛格眨眨眼後，問她哪一類型的畫才會令她開心些。

她回答說她生在世上並不是爲了被取悅，而是要被教誨的。「我對資訊的需求，就如同對維他命與礦物質的需求一般。」他說：「由你所擁有的畫看來，你痛恨事實，視之爲毒藥。」

「我想，目睹喬治・華盛頓行經達拉維爾可能更能引起你的興趣。」我說。

「誰會不想親眼一睹呢？」她說。「但是，我可以告訴你，自從上回沙灘對話後，我最想看到的是什麼。」

「是——」我揚起眉毛，再度向史賴辛格眨眨眼。

「我想要有一幅底下有草與塵土的畫。」她說。

「棕色和綠色，」我提議。

「可以，」她說：「而且上面還要有天空。」

「藍色的，」我說。

「也許還要有點雲，」她說。

「不難，」我說。

「而在天地之間，」她說。

「還要有一隻鴨子？」我說：「還是要有手風琴手跟他的猴子，或是要一名水手和他的女朋友依偎在公園的椅子上？」

「不，我不要鴨子，也不要風琴手和猴子，或是水手與女朋友，」她說。「我要一大堆躺了滿地的屍體。而且最靠近我們的，則是一張大約十六、七歲的美麗少女的臉。她被一具屍體壓住，但還活著，正盯著離她數吋之遠的一名婦人張開的嘴。那張無牙的嘴裡正吐出一堆鑽石、瑪瑙、寶石等。」

一片寂靜。

她又說：「你可以利用這幅畫來創設一個目前急需的新宗教。」接著，她用頭示意帕洛克的畫說：「那張畫只能拿來當作暈船、嘔吐藥的廣告畫。」

・・・

史賴辛格問她，既然在漢普敦舉目無親，之所以會前來的原因。她答道，希望在此找到平和與安靜，以便自己能全心無慮地爲她的前夫，巴爾的摩腦科大夫立傳。

史賴辛格視自己爲一個出了十一本書的小說家，而把她當成一個業餘玩票者般教訓。

「每個人都認爲自己可以當作家。」他裝腔作勢地說。

「這又不犯法。」她說。

「把寫書想得那麼簡單就是犯法，」他說：「如果你認眞去做，沒多久妳就會發現這件事難得不得了。」

「我想，對一些沒什麼話可說的人而言，更是如此吧？」她說：「你不認爲這正是人們覺得寫作奇難的原因？如果他們會寫完整的句子並且會查查字典，那麼，會使寫作成爲難事的唯一理由是：他們並不了解、也不關心任何事情。」

史賴辛格於是偷了五年前過世，以前住在這裡以西數哩之處的楚門．卡波提（Truman Capote）的一句話說：「我想，妳現在講的是**打字**，而不是**寫作**。」

她立刻指出史賴辛格這句雋語的出處：「楚門．卡波提說的。」

史賴辛格立刻轉個彎說：「這是眾人皆知的。」

「如果不是因爲你長得一臉和氣，」她說：「我一定會認爲你故意嘲笑我。」

但是，聽聽這段她今天早餐時才告訴我的話。你聽聽這段話評評理，看看這頓兩週前的晚餐到底是誰在取樂於誰。伯曼女士根本**不是**一名爲前夫立傳的業餘作家，這只是她用來掩飾前來此地的眞實目的的幌子。她要我發誓保密，而後承認她此行是爲了她一本有關中產階級出身的青少年，在夏天時於度假區與百萬富翁的兒女們爲伍、生子的小說，收集資料。

而這也不是她的第一部作品。這是她因直言無諱而廣受年輕讀者歡迎的系列叢書的第二十一部。其中有幾部還曾被拍成電影。她的筆名是保莉．麥迪遜。

．．．

我當然**會**基於拯救史賴辛格的性命的理由，而保守這個秘密。如果史賴辛格在這麼班門弄斧一般後，發現她的眞實身分，想必他會和泰瑞．奇峻——我所僅有的另一位好友一般，走向自殺一途。

就文學市場上的商業重要性而言，塞西・伯曼與保羅・史賴辛格之間的差別，有如通用汽車與阿拉巴馬的腳踏車工廠。

噓，別洩漏天機。

・・・

她那天晚上還提到，她也收藏一些畫作。

我問她都收藏哪些類型的，她說：「一些小女孩坐在鞦韆上的維多利亞時期石板畫。」她說她至少有上百幅，每一幅都不同，但都是小女孩坐鞦韆的作品。

「我想你一定覺得很糟糕。」她說。

「不，一點也不，」我說：「只要妳好好地把它們關在巴爾的摩即可。」

・・・

我記得，她第一個晚上還向我、史賴辛格、廚子及廚子的女兒查詢，問我們知不知道當地有沒有哪些女孩子是較窮的家庭出身，但卻嫁入富豪之家的。

史賴辛格則說：「我想這種情形目前恐怕連在**電影**上都見不著了吧。」

莎萊斯告訴她：「有錢人只嫁娶有錢人。你這輩子**都活**到哪去了？」

．．．

回到這本書所該講述的主題，談談過去：我的母親拾起了那名婦人溢散的珠寶，但並沒有拿還留在嘴邊的那些。她每次都十分強調地說：自己並未由她口中拿取任何東西。留在那名婦人口中的東西，都還是她的私人財產。

母親在夜闌人靜、殺手都回家後匍匐而出。她與我的父親並不是同村人，而他們則直到穿過守衛鬆懈的波斯邊界，也就是在離屠殺現場七十哩的地方後才相識。

波斯的亞美尼亞人帶他們入關。後來，他們決定一同前往埃及。因爲母親滿口是珠寶，所以全程中需要交談的任務，幾乎全由父親一手包辦。當他們到達波斯灣時，母親第一次把這些小型資產變賣，以便能搭乘小船由紅海到埃及去。而就是在開羅，他們認識了罪犯瓦塔・馬明哥尼安，前一次大屠殺的生還者。

「千萬別相信生還者，」父親每回想到馬明哥尼安時就對我說：「除非知道他是怎麼活下來的。」

．．．

這位馬明哥尼安先生因爲替英國與德國製作軍靴而致富，而這兩國沒多久就在第一次大戰打了起來。我的雙親實在是傻子，才會因爲他是亞美尼亞的餘生者而把珠寶的事，以及他們即將結婚前往巴黎，加入當地那個龐大而早已法國化的殖民區的計畫，都告訴他。

馬明哥尼安於是成爲他們忠懇的告誡者與保護者，急於爲他們的珠寶在這個宵小猖獗的城市找一個安全的藏身之處。但是，他們早已把珠寶都存在銀行了。

於是，馬明哥尼安又編造出和他們買賣珠寶的提議。想必他是在地圖上找到聖．伊格納修這個地名的，因爲沒有任何亞美尼亞人曾到過那個地方，而這座死寂的農鎮也不可能會有任何消息可傳送到近東。馬明哥尼安說他有個兄弟住在聖．伊格納修，一面還出示他兄弟寄來的信以茲證實。信上還提到他的兄弟在很短的時間內就發了大財，那裡還有許多亞美尼亞人，大家都混得不錯。他們希望爲他們的孩子找一名會說流利的亞美尼亞語、又對亞美尼亞文學十分熟悉的教師。

爲了延聘一位這樣的良師，他們還打算把一幢房子以及二十公頃的果樹以實價的幾分之一賣給這名教師。馬明哥尼安的這位「有錢」的兄弟還在信中附上那房子的照片，以及交易的細節。

這名子虛烏有的「兄弟」還寫道，如果馬明哥尼安在開羅找到有興趣的老師，他還可以全權處理這筆交易。這樣可以確保父親的教職，同時也可以使父親成爲如桃花源般的聖．伊格納修數一數二的大地主。

4

我在藝術這個圈子中浸淫得很久，使我能把自己人生中過去的一幕幕，想像成是一種系列博物館一般。羅浮宮，這個典藏了比戰後奇蹟——耐久緞藍——更耐久了三十年的《蒙娜麗莎的微笑》的博物館即是這類博物館的一個例子。而在我自己生命中的最後畫廊裡的畫作，則必須是十分寫實的。如果我願意的話，甚至還能觸摸得到，而我也可以聽取伯曼寡婦，又名「保莉・麥迪遜」的建議，把它們全賣給開價最高的人，或是不管用什麼方法，如她深思後所言：「叫它們全都滾出去。」

在這個想像出來的畫廊，離入口最近的，是我那些抽象表現主義夥伴的作品，這些意外地通過大批評家的最後審判而起死回生的作品；往前則是一些由歐洲人所作的畫，這些是我在當兵時用幾塊錢，或巧克力條、尼龍絲襪等換來的；再往前，則是我在入伍前所繪作的廣告插圖或設計——差不多是父親在聖・伊格納修比丘戲院的死訊傳來的時候畫的。

再往前，則是丹・格瑞格利的雜誌插畫。我曾在他手下當過學徒，由十七歲起做到他把我轟出去為止。那時我還差一個月就滿二十歲。丹・格瑞格利之前，則是我孩提時代的一些沒有表框的作品，那時我彷彿是聖・伊格納修空前絕後的一名畫家一般。

在我模糊不清的記憶中，也就是畫廊最遠的一端，在一九一六年我才剛開啓生命畫廊之門不遠處，則是一張照片，而不是一幅畫。照片中的主題是一幢高雅的房子，門前還蜿蜒著很長的車道與停車位。這幢房子據說是在聖・伊格納修，也就是馬明哥尼安要我雙親以母親手中大部分的珠寶來購買的房子。

那張照片，以及那份上面爬著扭曲的簽名與四散的封蠟的僞造交易書，在離父親修鞋店不遠的小公寓床邊桌上，躺了有數年之久。我以爲他在母親過世後，早已把它和其他文件一同丟棄了。但是，就在一九三三年，當我即將搭火車前往紐約，在大蕭條中碰碰自己的運氣時，父親把那張照片當作禮物送給我。「如果你正好看到這幢房子，」他以亞美尼亞語說：「一定要通知我它在哪裡，因爲不管它到底在哪，都是我的房子。」

・・・

那張照片早已不在我身邊了。在由紐約回聖・伊格納修參加已有五年未曾謀面的父親的喪禮時，我把那張照片撕得粉碎。喪禮上總共只有三人，我就是其中之一。我這麼做是因爲我恨我死去的父親，因爲我認爲他欺騙自己以及我母親的行爲，比之馬明哥尼安對他們的欺騙有過之而無不及。馬明哥尼安並未曾強迫我父親留在聖・伊格納修而不遷往眞正有亞美尼亞區的富萊斯諾。那裡的人互助合作，並且保留了古老的語言、風俗與宗教，而且還在加州愈活愈快活，而父親也可以有機會成爲一名受人愛戴的教師！

噢，不——並不是馬明哥尼安設計使他成為世上最不快樂、也最寂寞的鞋匠。

．．．

亞美尼亞人在他們到這個國家的短短期間內，就已經營得有聲有色。住在我們西邊的鄰居，唐納‧卡薩比安，是大都會保險公司的副總裁，也是亞美尼亞人。所以單只在東漢普敦，在沙灘邊，就有兩戶比鄰而居的亞美尼亞人。而以前在南漢普敦的摩根宅邸，現在則屬於胡凡尼西安——這位亞美尼亞人一週前才把他所擁有的二十世紀福斯公司出售。

亞美尼亞人不僅只在商場上展露頭角。偉大的作家威廉‧薩洛揚，以及剛上任的芝加哥大學校長喬治‧明特奇安也都是亞美尼亞人。明特奇安博士是著名的莎士比亞學者。這個頭銜，父親也曾有機會擁有。

而伯曼才剛闖入我的房間，閱讀我在打字機上的文句，也就是現在往回數十行左右的位置。她現在又出去了，並且再度堅持，說我父親很明顯地得了「浩劫餘生症候群」。

「每一個生存至今的，都是生還者，」我說：「每一個死去的人都不是。所以，每一個活下來的人都應該有浩劫餘生症候群。不是有這個病症，就是死了。我對於別人高傲地說他自己是生還者這件事早就煩透了！這些人中十個有九個不是食人魔就是億萬富翁。」

「你至今依然無法原諒你父親的所作所為，」她說：「所以你現在還會這麼激動地吼叫。」

「我並沒有吼叫，」我說。

「在葡萄牙的人都可以聽見你的聲音，」她說。這個位置正是她由書房的地球儀上推算出來，由我的私人海灘向東航行所能到達的方位。不斷東行，最後就會到達葡萄牙的奧波多。

「你羨慕你父親所受的苦，」她說。

「我也有自己的苦，」我說。「如果閣下沒留意，我想提醒妳，我是個獨眼龍。」

「你自己告訴我，你受這個傷幾乎沒什麼感覺，而且沒多久就痊癒了。」她說。而這些也都是實情。我並不記得是何時被襲的，只記得有一輛白色的德軍坦克與全身著雪白軍服的德軍，在盧森堡的雪地上向我逼近。我被俘成囚時已失去意識，而且一直被人以嗎啡維持昏迷的狀態，直到我在靠近邊界的德國境內的一家教堂改成的德軍醫院清醒爲止。她是對的，我在戰時所受的苦，實在不比尋常百姓坐在牙醫診所裡來得多。

那個傷口痊癒之快，使我不久即像一些平常囚犯般，被送往集中營。

．．．

但是，我依然堅持自己與父親一樣有資格被列爲「浩劫餘生症候群」的一員，於是，她問我兩個問題。其一是：「你是否會覺得，有時候世上的好人全死光了，只剩下你一人？」

「不，」我說。

「那你是否會覺得，因爲好人全死光了，所以你還活著是一件不道德的事，而且唯一能洗脫這項污名的方法就是你也一起死掉？」

「不，」我說。

「你也許夠資格得到『浩劫餘生症候群』，不過你沒得到。」她說。「也許，說你得了結核病還恰當些。」

・・・

「妳怎麼會對『浩劫餘生症候群』這麼熟悉？」我問她。這個問題並不唐突，因爲當我們初次在海灘相逢時，她就曾提過，雖然她與前夫兩人都是猶太人，但他們並不記得在歐洲有任何親人會有遭到大屠殺的可能。他們都是在美國已有數代之久的猶太人，早已與在歐洲的親人失去聯絡。

「我曾寫過一本有關這些的書，」她說：「應該說——我寫了有關像你這種人的書——有關其父母親是大屠殺生還者的故事。這本書叫做《地下之書》。」

當然不需明言，我從未讀過這一本，或是其他保莉・麥迪遜的作品。雖然，我現在發現，這些書竟像口香糖一般，隨處可見。

我並不需要走出這幢宅子才能看到《地下之書》或是保莉・麥迪遜的其他作品。因爲她提醒我，廚子的女兒莎萊斯就擁有一整套。

伯曼夫人，這名我所見過、可說是隱私權最頑強的敵人，還發現才十五歲的莎萊斯已在服用避孕藥。

．．．

可怕的寡婦伯曼夫人告訴我《地下之書》的情節，大致如下：三名女子，因無法解釋的理由一起落入水中，其中一人是黑人，一人是猶太人，一人是日本人。他們因此與班上其他同學失散了。他們又因一些無法解釋的理由，組了一個俱樂部，名之為「地下」。

事情的結果是，這三人的父母或祖父母，都曾有一名是人為的大災難的生還者，在無意間把活著的是壞人，而好人全死光了的觀念傳給下一代。

那名黑人是奈及利亞伊波大屠殺生還者的後代；日本人是長崎原子彈餘威下生還者的子孫；而猶太人則是納粹大屠殺生還者的後裔。

．．．

「地下，這個名字對這樣的一本書很合適。」我說。

「那當然，」她說。「我一向對自己命名的本事感到驕傲。」她眞以為自己得天獨厚，而其他人則都笨上加笨，笨上加笨！

．．．

她認為畫家應延請作家為他們的畫作命名。在我牆上的那幾幅畫，名稱分別是《創作九號》、《藍與橘紅》等等。我自己最著名的一幅畫，現在已不存在了，有六十四呎寬、八呎高，曾高懸在派克大街的ＧＥＦＦ公司總部大廳入口，則只簡單地名為《溫莎藍色十七號》。溫莎藍是由顏料罐中直接取出的，屬於耐久緞藍色系的一環。

「這些標題是**刻意**變得無溝通意義的。」我說。

「如果，你不打算和人**溝通**，那麼人生在世所為何來？」她說。

雖然她在此已居留了五週，而且也見過由世界各地，如瑞士或日本等遠道而來的客人，對我收藏的畫作奉若神祇，她依然對我的收藏絲毫不表恭維。當我把牆上一幅羅斯可的作品以一百五十萬美元賣給蓋蒂美術館前來的代表時，她也在場。

她所說的只是：「解決了這個垃圾眞是好事。這什麼也不是的東西早就把你的腦子腐化了。現在，再一鼓作氣把其他的一起丟了吧！」

・・・

她在剛剛討論「浩劫餘生症候群」時曾問我，我的父親是否想親眼目睹土耳其人為屠殺亞美尼亞人付出代價。

「我想，我在大約八歲時曾問過他相同的問題，而且當時認為如果我們打算復仇什麼的，生命可能因此而更多采多姿一些。」我說。

「父親在他那小店中放下手中的工具向窗外凝望，」我接著說：「而我也跟著他向外凝望。我記得那時有些印第安人在窗外。魯馬印第安保留區就在五哩外，有時過路人會把我誤認爲是魯馬印第安人。我覺得很開心。因爲當時我覺得當印第安人也勝過當亞美尼亞人。」

「父親最後終於這麼回答我：『我只希望土耳其人承認他們的國家比我們目前所居住的更醜惡而少歡樂。』」

・・・

今天吃過午飯後，我到家園邊界散散步，並且和北邊鄰居在家園交界的地方相遇，大約在我的馬鈴薯倉往北二十呎左右。他的名字是約翰・卡賓斯基，他是原住民，和他的父親一樣，都是馬鈴薯農。因爲他們地上建築的第二層可以看到海，所以他們的土地目前一公畝價值八萬美元。卡賓斯基一家已有三代靠這塊土地過活了，所以，套句亞美尼亞話，這塊土地是阿拉拉山山腳下埋了他們先民聖蹟的地方。

卡賓斯基是個高大的男子，幾乎成天穿著工作服，大家都叫他「大約翰」。大約翰和我以及史賴辛格一樣，都是受傷的老兵。但是他比我們倆都年輕，所以他所參加的，是另一場戰事——韓戰。

而他唯一的兒子「小約翰」則是在越戰的地雷陣中喪命。

每人都有不同的戰事，一個蘿蔔一個坑。

．．．

我的馬鈴薯倉以及附近六英畝的土地以前是屬於大約翰的父親所有，而後他把它轉賣給我親愛的艾蒂斯以及她的前夫。

大約翰表現出對伯曼女士的好奇，我則一再強調我們兩人的關係是純友誼的，而且她也有點不請自來，如果她回巴爾的摩，我會衷心感到欣慰。

「你把她形容得像隻熊一樣可怕，」他說。「如果有熊闖進了你家，最好的方法就是你自己搬到汽車旅館去住，直到那隻熊打算離開爲止。」

長島以前曾有許多熊出沒，當然，現在則一隻也沒有了。他說他對熊的知識是來自自己的父親，因爲他六十歲時曾在黃石公園被大灰熊追得爬到樹上。自此之後，大約翰的父親把手邊所能找到、有關熊的書籍全都讀過。

「對熊這件事，我想應該這麼說，」大約翰說：「這件事又使老頭子興起讀書的念頭了。」

．．．

伯曼夫人實在是太多事了！我是說——她又闖進房裡閱讀打字機上的字，甚至連開口要求我的許可都沒有。

「爲什麼你都沒有使用過分號？」她說。或者，她會說：「爲什麼你把文章切成一小段一小段，而不讓文筆不停湧現？」都是這類的事。

而當我聽到她在房內走動的聲音時，所聽見的不止是腳步聲，還有抽屜、櫃子開關的聲音。她把家中每一個角落、縫隙全都搜查過了，甚至還包括地下室。有一天她由地下室走出來，告訴我：「你知道地下室有六十三加侖的耐久緞藍嗎？」老天，她還仔細數過！

隨意傾倒耐久緞藍是違法的，因爲一段時間後，它將會成爲致命的有毒物質。如果要合法拋棄這些東西，我必須把它們運到懷俄明的畢克福附近，而我從來沒打算這麼做。所以，這麼多年來，它們一直都儲放在地下室。

・・・

我的家園裡唯一還沒有被她搜探過的，就是我的工作室，那座馬鈴薯倉。這是一座狹窄的長型建築，無窗但有拉門。兩邊還各有一個陶爐。除了用來儲放馬鈴薯外，別無他物。這房子的用意是：有了門與爐子的幫助，不管外面天候如何，農民都可以使馬鈴薯不結凍也不發芽，而能在適當的時機賣到市面上。

由於建築本身獨特的造型，事實上，再加上它也是十分廉價的田產，使得年輕時有許多畫家都移到馬鈴薯倉作畫，特別是那些正在繪作超大型作品的畫家。如果我當初沒有租下那座馬鈴薯倉，那我就沒法子把占了八塊畫布的《溫莎藍色十七號》當成一幅作品來完成。

・・・

多事的伯曼寡婦，又名「保莉・麥迪遜」，無法進入工作室或是偷窺一眼的原因，是因爲那建築沒有窗子，而且在兩年前我的妻子過世時，我由內部把一邊釘死，而在另一邊門的外面由上到下，上了六個大鎖。

而我本人則自那時起未曾進去過那個倉庫。而且沒錯，那裡面確實有些東西。不過那也不是什麼大不了的事。在我死後，安葬在親愛的艾蒂斯身旁時，處理我的資產的人就會把這扇門打開，而他們會發現裡面並不止有稀薄的空氣而已。當然也不會有像一支斷成兩截的彩筆，或是我的「紫心」勳章安放在空曠而打掃得很清潔的地板上之類的，一些感傷的圖像。

當然，裡面也不是一些不入流的笑話，像是畫一張馬鈴薯靜物，好像把馬鈴薯倉還給原主一般，或是畫聖母瑪莉亞頭戴圓頂高帽、手執大西瓜這類的作品。

也不是自畫像。

也不是任何具宗教意義的東西。

賣關子？那麼我來給個提示吧：這個東西比麵包盒大，但是比木星小一些。

・・・

史賴辛格不止一次地跑來問我裡面到底是什麼，他還不止一次地說，如果我覺得把祕密告訴他不保險的話，那我們的友誼似乎沒有存在的價值。

這座馬鈴薯倉在藝術界變得頗負盛名。在我向來客展示過屋內的收藏後，他們通常也會要求一窺馬鈴薯倉的奧祕。我則告訴他們，他們可以欣賞一下倉房的外觀，因爲那座馬鈴薯倉在藝術史上也是一件十分特殊的地標。當泰瑞・奇峻第一次使用噴畫工具時，他的主題就是他曾在倉房裡倚靠過的古老隔間板。

「至於**倉內**的東西，」我告訴他們，「則是一個傻老頭子的一些不値錢的祕密。在我升天參加大型藝術拍賣會時，世人就會發現眞相了。」

5

有一本藝術刊物聲稱他們知道倉內**到底**是什麼：是抽象表現派最偉大的作品，我故意把它們藏起來，以提高我屋內那些相比之下較不重要的畫作的價值。

這不是事實。

．．．

自從那篇文章刊出後，我在南漢普敦的亞美尼亞同胞，胡凡尼西安，就曾很認眞地出價三百萬美元，向我購買倉內的東西，他甚至連看都沒看過。

「我不打算用那種方式騙你。」我告訴他。「這可不是亞美尼亞人的作爲。」如果我收下了他的錢，這種行爲就會好比我把布魯克林橋賣給他一般。

．．．

但是有一個人對這篇文章的回應，並不是那麼令人愉悅。一名男子投書給該刊物的編輯說他在戰時認識我，而很明顯地他眞的認識我。至少，他對於我那一整排的藝術家袍澤十分熟悉，因爲他描述得十分精確。他知道我們當初在德國空軍被擊落後的任務，那些僞裝部隊的偉大笑話早就沒有存在的必要了。那時的任務，好比是在耶誕老人的工作房中放任小孩胡作非爲一般，主要的任務是評估並爲所有掠取而來的藝術作品編目。

這名男子聲稱他服役於同盟國軍事總部，而我曾在某一段時間與他共處過。他信中提及，他相信我曾因此監守自盜了一些大作，而這些作品是必須歸還給它們在歐洲的原主的。他信中又提到，由於我害怕受到這些藝術品原主的控告，於是把大作全鎖在倉房中。

他錯了。

・・・

他猜錯了馬鈴薯倉中所存放的東西。但我得承認他說對了我利用戰時不尋常的機會來嘉惠自身這件事。但我並沒有偷取任何由軍方獲取而轉交的任何物品，因爲我們得填寫收據，而且財務單位的人也會經常前來視察。

但我們在後方的一切遷移，確實使我們有機會接觸到一些在緊急情況下希望把藝術品脫手的人，而使我們能因此占到一些便宜。

但是排中沒有人因此而得到一些古老的大作，或是一些很明顯來自教堂、博物館或偉大的私人收藏的佳作。至少，我並不認為有人占過這種便宜，但也不是十分確定。藝術界和其他各行各業沒兩樣，機運是機運，賊就是賊。

但我本人**確實**曾從某人手中買得未署名的一幅炭筆素描，我覺得是塞尚的作品，而且自此以後，也被證實是他的眞跡。目前，它則是羅德島設計學院的永久收藏之一。而我還買過一幅我最喜愛的畫家馬諦斯的作品，那是我由一名寡婦手中買來的，據說，是畫家親自送給這名寡婦的先生的。但透過這種方式，我也買了一幅高更的贗品，也算是罪有應得。

我把所有購買的作品都寄給我在全美唯一認識也信任的人保存。他叫吳山姆，以前曾在我前任老闆丹・格瑞格利手下作過廚子，是一名紐約市的中國洗衣工。

你能想像自己是在爲一個全國你只認識一個中國洗衣工的國家作戰嗎？

接著有一天，我和我同排的藝術家弟兄們就奉命加入戰爭，希望我們有本事設法封鎖住德軍在第二次大戰的最後一次大突圍。

・・・

但是，這些東西都不在倉房中，甚至不歸我所有。我在戰後返鄉時把它們全賣了，因而取得一筆可觀的財富投資在股票市場上。我已放棄孩提時想成爲藝術家的夢想，開始在紐約大學選修會計、經濟、商事法以及行銷等課程。我即將成爲一名**商人**。

我對自己以及藝術的看法如下：如果我有耐心，也有上好的工具，我可以掌握每件東西的外貌，因爲，我終究曾在本世紀最嚴謹的插畫家手下當過學徒。但是照相機也可以把我老闆以及我所能做的事辦到。而我想印象派、立體派、達達學派以及超現實派諸公也曾有過這種想法，所以他們才能很成功地畫出相機或像丹・格瑞格利這種人所無法摹繪出來的偉大作品。

我的結論是，自己才學平庸，甚至可說一無所長，所以最多也只能成爲一台不錯的相機而已。於是，我決定讓自己投身於比嚴肅的藝術稍微通俗平凡的東西，那就是金錢。我並不因此而感到悲傷，相反地，我覺得**鬆了一口氣**。

既然我能夠講得好像自己沒比別人差，我對身爲藝術商還是滿感到樂在其中的。所以，我在夜裡到紐約大學附近的酒吧去，很輕易地便能和幾個認爲自己什麼都對但卻沒沒無聞的畫家交上朋友。我可以和他們之中最高明的人相互對談，也可以和他們同飲共醉。最妙的是，我還可以在作鳥獸散之前拿起帳單付帳。這可得感謝以下的財源使我能四處擺闊：一是我在股票市場賺的錢，二是我上大學時由政府領取的津貼，其三，則是我爲自由奮戰而失去一隻眼時，滿懷感謝的國家所付給我的終身俸。

對那些眞正的畫家而言，我可眞是一個大金主。不僅付酒錢，還付租金、車子的頭期款、女友的墮胎費，甚至妻子的墮胎費。只要你想到的，應有盡有。不論是什麼原因，也不論多少錢，他們都可以向拉伯・卡拉貝金安這個大金主要求。

・・・

我收買這些朋友，但是，我的金礦並不是眞的取之不盡，用之不竭。每到月底，他們幾乎就把我剝光了。但不久，這個小金礦又會有錢可挖了。

這一切是公平的。因爲我喜歡與他們爲伴，因爲他們待我也如同對待一名畫家一般。我是他們的一員。這些人取代了我失去的戰友，成爲另一個大家庭。

他們回報的，比同伴之誼更多。他們也儘量用那些沒有人要的畫作來抵債。

・・・

我幾乎忘了提起：我當時已婚，妻子已經懷孕。她將**兩度**爲她獨一無二的愛人拉伯・卡拉貝金安懷孕。

・・・

我剛由游泳池附近回到打字機前。我到那座青少年的運動設施附近詢問莎萊斯以及她那群出出入入的朋友，是否曾聽過藍鬍子。我想在本書提到藍鬍子。我想調查，是否得對年輕一輩的讀者解釋藍鬍子到底是何許人。

沒有人知道。當我問他們有沒有聽過帕洛克、羅斯可、泰瑞・奇峻、楚門・卡波提、尼爾森・奧格林（Nelson Algren）、艾文・蕭（Irwin Shaw），以及詹姆士・瓊斯（James Jones）等，這些我認爲不止在藝文史上赫赫有名，同時也在漢普敦歷史上占有一席之地的人物時，他們的答案是否定的。看來，這就是想以文藝的方法取得不朽的下場。

於是有了如下的說明：藍鬍子是一個童話故事中的虛構人物，一開始可能是以很久以前謀殺人的名人爲藍圖編造出來的。故事中的他結過許多次婚，每回都把新的小新娘帶回城堡中。他告訴他的小新娘，除了一個特定的房門外，其他的房間都可以任意走動。

藍鬍子若不是個最不入流的心理學家，就是最高明的，因爲他所有的新婚妻子都會滿心想知道門後到底有什麼。於是，小新娘就會趁著自己以爲他不在家時偷窺房裡的東西，但事實上，他卻**在**。

他在她魂飛魄散地盯著他歷任妻子的屍體時當場逮到她。藍鬍子殺了他的歷任妻子，只留下元配爲他看守房門。第一位被謀殺的妻子，是因別的原因而遭到殺身之禍，其他的，則都是因爲偷窺了這扇門。

‧‧‧

因此，所有知道我鎖住馬鈴薯倉的人中，當然是以伯曼夫人最難忍受這項祕密。她總是跟在我身後，不停地追問那六把鎖的鑰匙何在，而我還是一再告訴她，它們埋在阿拉拉山山腳下的珠寶箱中。

我最後一次告訴她，大約是在五分鐘之前吧，我對她說：「聽好，花點心思想別的吧，想什麼都好。我是藍鬍子，而我的畫室**對妳**而言，則是我個人的**禁地**。」

6

雖然有藍鬍子的故事，但我的倉房中並無屍體。我的第一任妻子桃樂絲，在與我仳離不久後又再婚，而且婚姻生活從任何一方面來說，都稱得上**幸福快樂**。桃樂絲目前寡居在弗羅里達沙拉索納一幢連排的臨海公寓中。她的第二任丈夫正是我們兩人曾期盼過、希望我在戰後能發展成的那種人：一個能幹的個人保險推銷員。我們各自擁有一片海灘。

我的第二任妻子，親愛的艾蒂斯，安息在綠河墓園，這裡同時也是我預定的安息所。事實上，它距離帕洛克與泰瑞·奇峻的墓只有幾碼之遠。

如果我在戰時曾殺過人，而這件事也有可能確實存在，那麼一定是在我被那一隊德軍擊昏而奪去一隻眼睛的數秒鐘之前犯下的。

· · ·

當我還是個雙眼健全的男孩時，是聖·伊格納修地區破敗的公立學校中最有畫圖天分的孩子。但這還不算什麼，更重要的是許多老師對我的天賦印象深刻，而向我的父親建議讓我走藝術家的路子。

但這些想法太不切實際了，於是父母要求老師們別再灌輸我這種觀念。因為他們認為藝術家都是窮死的，而且都在死後才受到賞賜。當然，他們的想法也大致正確。在我所有的收藏中，最值錢的作品都是由那些終其一生窮困潦倒的畫家畫的。

因此，如果一名藝術家想快速提升自己的身價，我建議他一個良策：自殺。

．．．

但是在一九二七年，十一歲的我正不由自主地走向父親的道路，準備成為一名優異的鞋匠時，母親讀到一篇報導說一名亞美尼亞藝術家所賺的錢足可與許多明星及大富豪匹敵，而且還與這些明星大亨為友。此外，他還擁有遊艇和位在維吉尼亞的牧場，以及離這裡不遠的海灘別墅。

母親不久之後提到（但也沒有太久，因為她當時還只剩一年的壽命），若不是因為那張有錢的藝術家乘遊艇的照片，她是不會去讀那篇文章的。那艘遊艇的名稱對亞美尼亞人的神聖意義可以和富士山之於日本人相提並論，那便是阿拉拉山。

她想，這個人一定是亞美尼亞人，而他真的是。雜誌上提到這位藝術家是莫斯科出身的丹．格瑞格利安，他的父親是一名馴馬師，而他本人則曾受教於俄羅斯帝國造幣廠的首席雕刻師。

他是在一九〇七年以一般移民，而非大屠殺難民的身分來到這個國家的，然後改名為丹．

格瑞格利，而後成爲雜誌故事、廣告與青年讀物的插畫家。作者在文中還指出他可能是美國史上酬勞最高的藝術家。

對丹・格瑞格利，或是我父母親以前慣稱的丹・格瑞格利安而言，可能直到現在還是如此。如果把他在二〇年代，特別是經濟大蕭條那段時間所得的收入，經貶值後換算成今日的錢幣，他可能還是美國史上前無古人、後尚無來者的富豪。

・・・

母親對美國的敏銳觀察正與父親形成強烈對比。她早已發現美國最普遍的疾病就是寂寞，即使是高高在上的人也免不了受這種痛苦，因此這些人會對友善的陌生人特別有反應。

於是，我的母親以一種我幾乎認不出來的歹毒如巫婆的面孔告訴我：「你一定得**寫信**給這個格瑞格利安，你一定得告訴他你也是一名亞美尼亞人，而且你希望能成爲有他一半好的藝術家。同時，你還認爲他是有史以來世上最偉大的藝術家。」

・・・

於是，我用我幼稚的童字寫了這樣一封信，應該說是二十多封，直到母親認爲這個餌完全不可抗拒爲止。而我是在父親尖酸的冷嘲熱諷下完成這項任務的。

他一直不停地說：「他改了名字就不再是亞美尼亞人了。」或是「如果他是在莫斯科長大，那他是俄國人而不是亞美尼亞人。」或是「你知道這種信給我什麼感覺嗎？我會覺得是來要錢的。」這類的話。

母親則用亞美尼亞話回他：「難道你看不出來我們正在放長線釣大魚嗎？如果你吵個不停，魚都會被你嚇跑的。」

巧合的是，至少人家是這麼告訴我的，土耳其的亞美尼亞人是由婦女負責捕魚的工作。我的信可眞釣上大魚了！

我們釣上了丹・格瑞格利的情婦，以前曾在齊格飛當秀場女郎的瑪莉莉・坎培。

這名女子後來成爲我第一個獻身的女性——在我十九歲的時候。老天，我眞是一個老古板，把頭次的性經驗當成和克萊斯勒大樓一樣値得一提——想想看，我的廚子十五歲的女兒卻早就在服避孕藥了！

・・・

瑪莉莉說她是格瑞格利先生的助理，並說他們兩人都爲那封信感動萬分。根據我的猜想，格瑞格利先生一定非常忙碌，所以由她來代爲回函。這是一封長達四頁的信件，上面爬滿的筆跡比我的童字高明不到哪去。她當時只有二十一歲——是西維吉尼亞一名礦工的私生女。

當她三十七歲時，她則已搖身變成在義大利佛羅倫斯有幢粉色宮殿的伯堂馬吉歐女爵士。五十歲時，她成爲新力公司在歐洲的最大經銷商，以及歐洲美國戰後當代藝術最大的收藏家。

．．．

父親說她一定是瘋了，才會寫那麼長的信給住在這麼遠的陌生人，而且還是個小孩子。

母親說她必定十分寂寞，而這是事實。格瑞格利把她當成寵物養在家裡，因爲她長得十分漂亮，有時，也用她充當模特兒。但是她當然不是他在生意上的助理。他對她的任何意見都不感興趣。

他從來不讓她出席任何宴會，也未曾帶她出遊，或看表演，甚至上館子、參加他人的宴會，也不把她介紹給他有頭有臉的朋友。

．．．

瑪莉莉在一九二七到一九三三年之間共寫了七十八封信給我。我說得出這個數目，因爲這些信件現在還以牛皮封套收藏在書房的便箋盒中。那個封套與盒子是親愛的艾蒂斯在我們結婚十週年時送我的禮物。伯曼女士早已發現了這個盒子，就像她發現屋中其他具有情感意義的物品一般。但是，她還是沒有找到倉房的鑰匙。

她早已在尚未向我查詢這些是否是個人隱私時就拆閱了那些信件，而我當然認爲這些是個人隱私。她對我說，而且是第一次以害怕的口吻說：「這女子的區區一封信都比你牆上這些畫更能表達生命的美好與奧妙。這是一個受人輕視與虐待的女子所寫的故事，在在展現她曾是一名偉大作家，因爲她後來眞的成為一名作家。我希望你知道這件事。」

「我知道，」我說。這些都是實情，因爲每一封信都較前一封更深刻，更具表達力，更有自信，也更尊重自己。

「她的教育程度如何？」她問。

「讀到高中一年級。」我說。

伯曼夫人十分讚嘆地說：「噢，這一年的教育可眞不得了。」

‧‧‧

而我這方面的回函的內容則不外乎是有關我所作的畫，我以爲她會附上便條紙交給格瑞格利先生過目。

自從我告訴瑪莉莉，母親因在罐頭工廠染上破傷風過世後，她所寫的信的筆調就變得充滿母性的溫柔，雖然她才只大我九歲而已。而第一封流露母愛的信不是由紐約市寄來的，而是由瑞士寄來，因爲她說她當時正前往滑雪。

直到戰後，我到佛羅倫斯去探望她時，她才把眞相告訴我：格瑞格利把她隻身送往瑞士墮胎。

「我應該爲此而感謝他，」她在佛羅倫斯對我說：「那時起，我開始對外國語言產生興趣。」她笑著說。

・・・

伯曼夫人剛才告訴我，我的廚子不像瑪莉莉只墮過一次胎，而是墮過三次。而且，不是在瑞士，是在南漢普敦的醫生診所裡。這件事使我感到厭煩。但不久，幾乎所有現代世界的事都使我厭煩。

我並沒有詢問這些墮胎行爲與她九月懷胎生莎萊斯之間的順序。因爲我並不想知道，但是伯曼夫人還是告訴我這些消息。「兩次是在生莎萊斯之前，一次是在之後。」她說。

「廚子告訴你的？」我說。

「莎萊斯告訴我的，」她說。「她還說她母親正考慮結紮。」

「我當然很欣慰能聽到這些消息，」我說：「以防萬一有什麼急事嘛。」

・・・

在現今有如凶猛的狼啃蝕我的腳踝的時刻，讓我還是回到過去吧：

母親至死都相信我已在從未直接收到他回信的丹・格瑞格利的保護之下。她生病之前曾預期「格瑞格利安」會把我送到藝術學校，「格瑞格利安」等我長大後會說服雜誌社給我插畫的工作，「格瑞格利安」會把我介紹給他那些有錢的朋友，而那些人則會告訴我如何致富，如何把我在藝術賺的錢投資在股票市場上。在一九二八年時，股票市場只是一股勁地上漲、上漲，就跟最近這幾年一樣！哇噢！

因此，母親不僅錯過了一年後的股市大崩盤，也錯過了崩盤數年後發現我甚至連間接與丹．格瑞格利接觸都沒有過的事實。而格瑞格利先生甚至不知道有我這號人物，那些我寄往紐約的畫作所獲得的熱情的盛讚，並非出自美國史上最高薪的畫家，而是來自父親以亞美尼亞語提到的：「可能是他的清潔女僕、廚子，甚至是情婦。」

7

我記得十五歲那年的一個下午，當我由學校返家時，看見父親正坐在小廚房中鋪了油布的小桌前，眼前還擺了一疊瑪莉莉寄給我的信件。他已把它們全重新讀過。

這並未侵犯我的隱私權。如果兩個人也成爲一個家庭單位的話，那麼這些信正是我們這個家庭的資產。它們就像家中累積的公債一般，這些績優股在我長大而它們到期時，會使我大獲其利。一旦這些股票水漲船高，我就有能力好好照顧父親，而父親當然也需要我的幫助。他的積蓄早在魯馬郡儲貸會破產時賠光了。我們及鎭上的每一個人都管這個儲貸會叫「剋星銀行」。當時還沒有銀行押聯邦保證金的計畫。

剋星銀行後來利用那幢一樓是父親的鞋店、二樓是我們住家的小樓房進行抵押貸款。感謝銀行的貸款，使得父親一度曾擁有那幢小樓。雖然在銀行破產後，接收的單位清算所有的資產，取消所有拖欠未償者的抵押而取消了所有拖欠未償者的抵押貸款權，幾乎所有的抵押貸款都拖欠，而使父親又失去了那幢小樓。猜猜看，爲什麼所有的貸款都積欠未還？顯然是因爲大家都蠢得可以而把錢全放在剋星銀行中。

於是，那個我曾在下午看見他閱讀瑪莉莉信件的父親，當時變成只是他以前曾擁有的房子的房客而已。至於一樓的那個店面，目前則空無一物，因爲他付不起兩間房子的租金。所有的器械工具，則都因爲我們以前的身分——一群相信剋星銀行的蠢蛋，而在拍賣會上拍賣光了，以便取得幾文錢過活。

眞是一場喜劇！

・・・

父親在我提著書包進門時，由埋首的信堆中抬頭來說：「你知道這女人是什麼東西？她承諾你每一件事，但卻沒有能力給你任何東西。」於是他又提起了那位在開羅蓄意向他及母親詐財的亞美尼亞自閉症患者。「她是另一個瓦塔・馬明哥尼安，」他說。

「你這麼說是什麼意思？」我說。

他於是以這些信件就像公債、保險單或什麼似的口吻說：「我才剛一字不漏地讀完。」他繼續說瑪莉莉前幾封信都還有「格瑞格利先生說」，「格瑞格利先生認爲」，或「格瑞格利先生希望你明白」等句子，但從第三封信起，這些修辭就不再出現了。「這人只是個無名小卒，」他說：「而且永遠也成不了氣候，她只是想利用格瑞格利安的名義，隨便找個人上鈎而已。」

我一點也不感到吃驚，我心中的某一部分對那些信也曾隱隱有過相同的感受。而心中的另一部分則一直設法埋掉這種不良的感覺。

・・・

我問父親到底是什麼事引發他深入追查這些信。他指了指十本在我離家上學不久後，由瑪莉莉寄來的書。他早已把它們放在杯盤狼籍的洗碗槽上方的瀝乾板上。我翻看了一下，那些都是當時的青少年版古典作品，有《金銀島》、《魯賓遜漂流記》、《瑞士家庭魯賓遜》、《俠盜羅賓漢》、《森林的故事》、《格列弗遊記》、《莎士比亞故事集》等等。二次大戰前的青少年讀物，除去一些不必要的懷孕、亂倫、最低工資、背叛的高中友誼等這些出現在保莉・麥迪遜小說中的情節外，其他並無太大差異。

瑪莉莉寄這些書給我，是因爲這些書裡都有丹・格瑞格利生動的插畫。它們不只是我們那間小公寓裡最美的藝術品，也是魯馬郡上最美的藝術品，我對這些書籍的反應是大叫說：「她人太好了，你看看，你**看看**這些圖！」

「我看過了，」他說。

「好漂亮不是嗎？」我說。

「是的，」他說：「它們美極了。但是，也許你可以告訴我，爲什麼這位直誇你畫得好的格瑞格利先生連一本都沒簽名，或在其中塞一張小卡鼓勵一下我這個天賦異稟的兒子呢？」

這些話都是以亞美尼亞語說的，自從剋星銀行倒了以後，父親在家只說亞美尼亞語。

・・・

不論那些建議是來自瑪莉莉或是格瑞格利，對當時的我並沒有太大的差別。我可以斗膽地這麼說，因爲無論如何，我當時已是一名一流的兒童藝術家。我自己當時自信滿滿，並不因來自紐約市的讚詞而影響信心。我之所以爲瑪莉莉辯白，全是爲了讓父親開心些。

「如果這個叫瑪莉莉的，不管她到底是誰，也不管她是幹什麼的，」他說：「如果她眞的覺得你的畫很高明，她爲什麼不替你賣幾幅，然後把錢寄給你？」

「她對我已經夠好了，」我回答——而事實上她確實已經夠好了，除了抽空外，還很慷慨地提供那名藝術家所有的最佳畫材。我對這些畫材的價值毫無概念，她也是如此。這些畫材是她未經格瑞格利同意而由他私人大宅地下室的材料供應室中任意拿取的。我本人則在幾年後有機會親臨這個供應室，裡面的畫材之多，即使多產如格瑞格利，也足夠他用上十幾輩子。她並不認爲格瑞格利會在乎她拿給我的那些材料，而且又因爲對他的敬畏而使她不敢開口尋求同意。

他經常對她拳打腳踢。

至於那些畫材的眞正價値，我所使用的那些塗料，當然不是耐久緞藍，而是由德國進口的木樨泥牌油料以及侯瑞登牌水彩。彩筆是英國溫莎與牛頓牌的產品。粉彩與彩色鉛筆則是來自巴黎的李凡・弗內。帆布材是比利時克萊森牌。在落磯山脈以西的畫家，沒有一個人擁有這些價値不斐的畫料！

因此，我認爲格瑞格利是我所知道的插畫家中，唯一一名希望自己的畫作躋身世界畫作瑰寶殿堂的人，因爲他所使用的材料，正如同耐久緞藍企圖達到的目標，足以保存得比蒙娜麗莎的微笑還久。而至於其他的插畫家，則只要畫作能在送達印刷廠前還保存完整，就已十分慶幸了。他們通常自我解嘲說自己只是爲五斗米折腰，這些插畫是畫給不懂藝術的人看的——但格瑞格利可不這麼想。

．．．

「她是在**利用**你，」父親說。

「利用我什麼？」我說

「利用你來自我膨脹成大人物，」父親說。

．．．

伯曼寡婦也同意父親的說法，認爲她**是**在利用我，但並不如父親所推想的那般用意。「你是她的**聽衆**，」她說。「作家會**不顧一切**求取聽衆。」

「一百零**一**個聽眾？」我說。

「那正是她所需要的，」她說：「也正是所有人需要的。你看看她的字體進步了多少，遣詞造句變得多圓潤，因爲她知道你是逐字細讀的。她當然不會寫信給格瑞格利那個混蛋，也沒有必要寫信給老家的那些舊識。因爲那些人根本不識字！難道你眞的相信她詳述那個城市的點滴，是爲了提供你作畫的材料嗎？」

「是的——」我說。「我想，我一直這麼認爲。」瑪莉莉描寫了一大段經濟大蕭條時，失業者大排長龍苦候麵包的經過，以及身著華服、曾經風光一時的人在路上擺地攤賣蘋果，或是一名斷肢的一次大戰榮民，也許是僞裝的，正站在一塊像滑板一樣的東西上，在中央總站賣鉛筆。此外，還提到上流社會的人士在地下酒吧中一面與一些匪盜對酒高歌、一面則害怕萬分的情形。

「這正是作家享受創作以及激勵自己往更高層次攀升的祕訣。」伯曼女士說。「作家不是寫給全世界看的。也不是寫給十個人或兩個人看，而是寫給某個人看的。」

．．．

「那麼妳是寫給哪一個人看呢？」我問。

而她說：「聽起來可能會讓人覺得不可思議，因爲你可能會以爲是寫給某個和你同齡的人看，但事實上不是。我想，那正是我的創作的祕方。那正是青少年會覺得我的作品強而有可信度的原因。我的文字並不像一個十幾歲的傻小子和另一個傻小子說話。我從來不把阿比・伯曼不感興趣或覺得不實在的東西寫下來。」

阿比・伯曼，當然就是她那個在七個月前腦溢血過世的腦外科醫師老公。

‧‧‧

她再度向我詢及倉房的鑰匙。於是我告訴她，如果她再向我提及倉房鑰匙的事，我就要告訴大家她正是保莉‧麥迪遜——我要叫當地報社前來訪問她等等這類的事。如果我這麼做，不止會傷透史賴辛格的心，還會把大批宗教衛道人士引到我家門前。

前幾天，我正好在電視上看人傳福音，他提到撒旦正由四面進攻美國家庭，這四面正是共產主義、藥物、搖滾樂，以及由撒旦的妹妹保莉‧麥迪遜所著的作品。

‧‧‧

再回到我與瑪莉莉交往的情形上：自從父親聲言她是另一個瓦塔‧馬明哥尼後，我對她的回信也就逐漸疏冷了。我不再冀望她能給我什麼。而基於成長過程的一個階段，我也不希望她繼續嘗試扮演代理母親的角色。我已逐漸成長爲一個男人，而不再需要母親的嘘寒問暖，至少，我自己是這麼認爲。

事實上，在不需要她協助的情形下，年幼的我已開始以藝術家的身分掙錢，而且就在經濟破產的聖‧伊格納修。我到當地的報社，魯馬郡清音，找了一份課後兼差的工作，並且提到我圖畫得不錯。編輯問我會不會畫義大利的獨裁者，正好也是格瑞格利眼中的人上人——墨索里尼，而我在大約二、三分鐘內，不需任何照片參考就完成了這個任務。

接著，他又要我畫一個美麗的天使，而我也聽命照做。

於是，他又要我畫一幅墨索里尼把某種液體倒入天使口中的圖樣。他要我在瓶子上標上「機油」，而在天使身上標出「世界和平」。墨索里尼喜歡以喝機油來處罰人，這看來像是以一種幽默的方式來教導人民，事實則不然。因爲受害者往往上吐下瀉至死。至於能逃過死亡刧數的受害者，至少也都把胃全倒了出來。

那就是我在少不經事時成爲一名政治漫畫家的經過。我一週畫一次，由編輯指示我畫的內容。

・・・

令我吃驚的是，父親也開始滋長自己成爲一名藝術家。以前，在探究我的繪畫天分得自何者遺傳時，有一件事幾乎是令人深信不疑的，那就是：絕不是由父親或父親的家族遺傳而來的。當他還是一名修鞋匠時，我從來沒看過他用身邊的零碎皮材做過什麼具有創意的東西，甚至連爲我做一條可愛的皮帶或是爲母親做個皮包都沒有過。他一直都只是一個無趣的修鞋匠。

忽然，他像著了魔似的，開始用最簡單的工具，製造出一些他沿戶托賣的美麗牛仔靴。這些靴子不止舒適耐用，而且可以稱得上是人類腳踝與小腿上閃耀的珍寶。上面綴飾著由錫罐與瓶蓋敲平製成的金、銀、星星、老鷹、花朵，以及躍起的野馬。

但是，這項他生命中的新發展，對我而言並不如你所想像的那樣美好。

事實上，我因而感到毛骨悚然，因爲我盯著父親的眼睛時，總覺得他六神無主。

．．．

幾年後，我在泰瑞．奇峻身上也看到同樣的情形。他一直是我最親密的朋友。忽然間，他開始繪作一些今天世人稱他爲抽象表現主義最偉大的畫家的畫作——那些比帕洛克、羅斯可更上乘的作品。

我想，這件事也不錯，只是當我盯著好友的眼睛時，總覺得他六神無主。

．．．

噢，我的故事。

總而言之，大約在一九三二年耶誕節前後，瑪莉莉所捎來的信都原封不動地躺在某個角落。我已經當聽眾當得不耐煩了。

不久，來了一封寄給我的電報。

父親在我拆閱時還曾提到，這是我們家族有始以來的第一封電報。

電報的內容如下：

謹收閣下爲門徒。提供

車馬費、免費食宿，以及少數零用錢
和藝術課程。

——丹・格瑞格利

8

我把這個絕佳的良機首先告訴那名我爲他畫政治漫畫的老編輯，他叫做亞諾·寇滋，告訴我下面一番話：

「你是一名貨眞材實料的藝術家，所以你一定得脫離這裡，否則你會縮得像一枚葡萄乾。別爲你父親擔心，他是一具十足快樂自足的行屍走肉，如果你容許我明說的話。」

「紐約可能成爲你的中途站，」他繼續說：「歐洲才是，而且永遠都是眞正藝術家的根。」

他錯了。

「我從來不禱告，但是今夜我將爲你禱告，希望你不是以軍人的身分前往歐洲。我們絕不再被那些熱愛機關槍與大炮的人盯上，成爲刀下魚肉。他們隨時都會開火的。你只要看看他們在經濟大蕭條時還搞出那麼多軍隊就知道！」

「如果在你到歐洲時那些城市還倖存的話，」他說：「你在路邊咖啡屋坐上數小時，啜飲咖啡、酒或啤酒，和人高談闊論繪畫、音樂與文學時，千萬別忘了，身邊這些你以爲比美國人文明許多的歐洲人，其實心中只期待一件事而已：期待著人類相互屠殺或毆打成爲合法時刻的到來。」

「如果我說得沒錯，」他說：「美國的地理書應該修正一下歐洲國家的名稱，改名爲『梅毒帝國』、『自殺共和國』，以及與『美麗的妄想國』相鄰的『癡呆國』。」

「你看看我，」他說：「我把歐洲都糟蹋光了，而你連見都沒見過呢！也許我把藝術也糟蹋了，不過，希望你不這麼認爲。我不認爲如果藝術家因某種原因而製作出美麗但通常又無知的作品，而使歐洲人因此而常常感到不快樂或渴望暴力時，應該受到責罰。」

．．．

這正是當時一般的美國愛國主義者報復的方法。很難相信我們以前對戰爭是如何反感。我們以前總是誇口說我們的軍隊與陸軍規模如何之小，司令官與將軍們在華府的影響力如何地微乎其微。以前，我們總是稱軍火製造商爲「死亡商人」。

你能想像以前美國人是如此嗎？

．．．

當然，時至今日，我們最引以爲傲的，卻正是這種以我們的後代子孫爲代價而製造出的死亡工業。因此我們主要的藝術形式，電影、電視、政治演說、報紙專欄等，因著經濟因素**只能**做出如下的反應：戰爭是找死，沒錯，但是唯一能使一名男孩成爲男人的方式最好是在某種槍林彈雨之中，但絕沒有必要一定是在戰場上。

．．．

於是，我前往紐約尋求再生。

美國人以前，現在還是如此，很容易到別的地方去尋找一個新的開始。我並不像我的父母一般，受一塊假想的聖地或是一大群親友牽絆。世上沒有一個地區對「零」這個數字的哲學價值高於美國。

「沒什麼損失，」美國人對零的看法就像跳下潛水板一般平常。

是的，當我置身如子宮般的臥車穿越這塊大陸時，我的心中也空白宛如初生的胚胎，彷彿不曾有過一個叫聖．伊格納修的地方一般。是的，當芝加哥的二十世紀特快車鑽進紐約地底下的隧道時，我則彷彿脫離了子宮進入產道。

十分鐘之後，我身著生平第一套西裝，手提一只紙製手袋及一疊我最好的畫作，出現在中央總站。

誰會來迎接這名困惑的亞美尼亞小嬰兒呢？

沒人，沒半個人。

．．．

我可能會成為丹．格瑞格利畫筆下那個獨自置身於一個前所未到的大城市的鄉巴佬。我是向希爾思百貨郵購了這套西裝的，沒有一個人能把便宜的郵購衣服畫得像丹・格瑞格利那麼好。我的鞋子十分破舊，但我把它們擦得晶亮，還親自爲它們換上新的橡膠鞋底。我還繫上新鞋帶，但其中有一條鞋帶則在堪薩斯城附近就解體了。明眼人一眼就可以看穿鞋帶上笨拙的接縫。沒有一個人能像丹・格瑞格利那麼厲害，光憑一個人的鞋子就了解這個人的經濟以及精神狀態。

無論如何，以當時的風氣而言，我的面孔並不適合雜誌故事中的鄉巴佬。格瑞格利可能必須把我的臉改造成一張盎格魯薩克遜人的面孔。

・・・

他可以把我的面孔用在印第安人的故事中。他曾爲《希瓦薩族》的精裝本繪過插畫，其中的主角就是以一名希臘廚子的兒子爲藍本繪成的。

當時的電影中，所有大鼻子的祖先一定都是來自地中海沿岸或是近東，如果這些人會演戲，角色一定脫不了印第安的蘇族遺族或是相似的角色。觀眾會對這種安排心滿意足。

・・・

現在，再回頭談談火車的事！我很高興自己搭了火車！我對那輛火車崇拜得五體投地！全能的造物主在得知人類利用鐵、水以及火混合造就了火車，想必也十分欣喜吧！

當然，現在所有的東西都是鑢和雷射光搞出來的。

・・・

而丹・格瑞格利甚至還畫火車呢！他用製造商給他的藍圖來畫，所以一個小活塞或小東西的錯置也不致影響他爲火車工作者畫的圖片。如果他曾在我到達當天爲二十世紀特快車繪圖的話，那麼那些車外的污點與灰塵就會成爲紐約—芝加哥線的一部分。沒有人能把污點畫得像格瑞格利那麼好。

而現在他到底在哪裡呢？瑪莉莉在哪裡呢？爲什麼沒看到半個人開著他的馬摩旅遊車來接我呢？

・・・

他知道我到達的確切時間，因爲時間是他挑的，挑了一個容易記的日子。那天正是情人節。而他在信中對我十分友好，而且是直接表達，並沒有透過瑪莉莉或假手他人，全都是他親筆寫的。這些話語簡短而和氣。我不止用他的錢買了一套西裝給自己，也買了一套給父親。

他的信中處處流露出設身處地爲別人著想的心情！他並不希望我在火車中感到害怕或舉止失當，因此他還親口告訴我在臥鋪以及餐車中應如何行止，以及該如何付小費給侍者和挑夫、該給多少小費、該如何在芝加哥換車等種種事宜。如果他有兒子的話，他對自己的兒子也不過如此。

他甚至還費心以郵局的匯票寄零用金給我，而不直接寄個人支票，這表示他知道聖・伊格納修唯一一家銀行關門大吉的事。

我唯一不知道的是，在十二月，當他寄電報給我時，瑪莉莉雙腿及一隻手臂骨折，正躺在醫院中。他在畫室中把她往後推倒，跌下樓梯。她跌到底時看來已無生氣，而兩名僕人正巧站在那裡——樓梯底下。

格瑞格利因此受到驚嚇而且後悔莫名。當他第一次到醫院探望他時，他滿臉羞愧，告訴瑪莉莉他十分抱歉而且十分愛她，願意給她任何她所想要的東西——**任何東西**都可以。

他原先以為她可能會要鑽石之類的東西，但她卻要求一個人，而不是一件東西。那就是我。

・・・

塞西・伯曼剛剛提到，我也許是她在瑞士失去的亞美尼亞小嬰兒的代替品。

也許是吧。

・・・

於是瑪莉莉告訴格瑞格利在電報以及信函中該寫些什麼，該寄給我多少錢買什麼物品等等事宜。當我到達紐約時，她還臥病在醫院，只是她當然沒料到格瑞格利會在火車站放我鴿子。

但是，他正是這麼做了。

他又卑鄙起來了。

・・・

而這還不是全部眞相的來龍去脈。直到二次大戰結束、我到佛羅倫斯拜訪瑪莉莉時，一切才水落石出。那時，一些因緣際會使得格瑞格利在十年之前已亡命並安葬於埃及。

瑪莉莉在戰後，脫胎換骨爲伯堂馬吉歐女爵士後，告訴我說，我正是她在一九三二年遭到墜樓傷害的主因。她爲了保護我而一直隱藏這些消息，而格瑞格利，當然也因不同的動機，對此事絕口不提。

她在幾乎遭殺身之禍的那一夜到格瑞格利的畫室中，第一次把我的畫作展現給他看，希望能吸引他的注意。在我不斷把畫作寄往紐約的這幾年中，他從來沒看過半幅。瑪莉莉因見到格瑞格利當時心情異常欣喜，所以認爲時機已然成熟。爲什麼那麼興奮呢？因爲當天下午，他收到他認爲世上最聰明的領導者，義大利獨裁者墨索里尼的謝函。那個要他的敵人喝機油的傢伙。

墨索里尼感謝格瑞格利所畫贈的一幅肖像。墨索里尼被描繪成一名在日出時於山頂上統領阿爾卑斯山大軍的總司令。你可以想像其中所有的皮革、衣服的管狀飾緣、穗帶、黃銅製品，以及所有的飾物，都恰如其分，毫不馬虎。沒有人能把制服畫得像格瑞格利那麼好。

格瑞格利在八年後在埃及意外地遭英軍射殺。身上正穿著義大利軍服。

・・・

事情的重點是：瑪莉莉在他畫室的長桌上把我的畫作攤開，而他馬上就知道怎麼回事。如她所願，格瑞格利全神貫注地盯著那些畫。當他湊上前去的那一剎那，他的欣喜轉爲憤怒。

但並不是我的畫作本身激怒了他，而是我所使用的畫材的品質。沒有任何一個在加州的小畫家能負擔這些昂貴的進口顏料、紙張與帆布。很顯然地，是瑪莉莉從他的畫材供應室取走這些材料。

於是，他推了她一把，使她背著樓梯跌下樓去。

・・・

此時，我想提一下那一套和我自己這套一起由希爾思訂購的西裝。父親和我兩人彼此爲對方量身，這件事本身十分奇妙，因爲在此之前，我不記得我們彼此曾有過肢體上的接觸。

但是，西裝寄來時，我們發現一定有人把父親褲子尺碼上的小數點放錯位置了。他的腿已經夠短了，沒想到那件褲子更短。骨瘦如柴的他，竟然無法扣上腰部的鈕扣。而外套則十分合身。

於是，我告訴他：「實在抱歉得很，我們得把褲子寄回去。」

但是他說：「我很喜歡，這是一套很合適的喪服。」

我說：「『喪服』是什麼意思？」我以為他打算不穿褲子去參加別人的喪禮——但是，就我所知，除了母親的喪禮外，他沒參加過任何喪禮。

於是，他接著說：「人們在自己的喪禮上根本不用穿褲子。」

．．．

當五年後我回聖．伊格納修參加他的喪禮時，他至少已經穿著那套西裝的**外套**躺在棺木中。由於棺木的下半部分已經蓋上，所以我只好問葬儀業者父親是否穿了褲子。

結果是，他穿了，而且那條褲子十分合身。原來父親自己去和希爾思換取合身的尺碼。

但是，這位葬儀業者的答案中有兩件意料之外的小插曲。湊巧的是，這位業者與替母親辦喪事的人不同。那位替母親辦喪事的人已經破產而離開故鄉到他處謀發展。而替父親安葬的這位，則是到遍地黃金的聖．伊格納修來尋找未來的。

插曲之一是，父親將穿著他親手縫製的皮靴，也就是他穿去看電影的那雙皮靴下葬。

另一段插曲則是，經手人認爲父親可能是名回教徒，這件事對他而言十分值得興奮。這是他盲目地篤信狂熱的多元化民主下，最具挑戰性的一件事。

「你的父親是我所服務過的第一名回教徒，」他說。「希望我到目前爲止沒有出錯，因爲這裡沒有回教徒可以給我一些建議。我只能到洛杉磯才找得到。」

我並不想破壞他的美好時光，於是我告訴他，在我看來，一切都安排得很好。「只要別在棺木附近吃豬肉就行了，」我說。

「那就行了？」他說

「還有——」我說：「在你蓋上棺木時，當然得說一聲『讚美阿拉眞主』。」

於是，他照做了。

9

在格瑞格利看了片刻就把瑪莉莉推下樓的當時，我的畫到底如何呢？如果不就內在而光就技巧上來看，這些畫以當時還是孩子的我而言，是十分不錯的。這個孩子當時的自學課程，正是由一筆一畫地摹繪丹・格瑞格利的作品所組成的。

很顯然地，我天生就是個繪圖的料子，就像伯曼與史賴辛格天生是寫書的料子一般。就像其他人有的天生是跳舞、歌唱、解釋星象、變魔術，甚至是領袖人物或運動家的料子一般。

我想這得回溯到一小群親族——至多五十到一百人相依共生的時代。而在因演化或上帝造化或其他以基因控制發展的情形下，爲了使小家庭繼續生存下去，爲了鼓舞小家庭的成員，才使得他們之中有人可以在營火邊說故事，有人可以在洞穴的牆上作畫，也有人天不怕地不怕等等。

那正是我一直視爲理所當然的。而現在，這種發展早已不具任何意義。因爲中等的天賦早已敵不過印刷品、電視、收音機、衛星等，而變得毫無價值。一名一千年前被視爲社區珍寶的中等天賦者，時至今日必須放棄他的有限天賦，投身於其他工作中。因爲現代的傳播工具使得他每日置身於與資賦優異者的競爭中。

目前整個地球大約還能容忍十二名左右在各行各業的天才人物。而中等資賦的人則必須深藏僅有的天賦，直到有一天他或她不經意在婚禮上喝醉了，才有可能像弗雷・亞斯坦或金吉・羅傑思一般，跳上咖啡桌大跳踢踏舞。這種人我們稱他或她爲「愛現鬼」。

對於這種愛現鬼我們該如何嘉獎呢？我們在第二天早上時告訴他或她：「哇！你昨晚是眞的**醉**了嗎？」

・・・

於是，我成了丹・格瑞格利的門生，正式進入全世界商業藝術翹楚齊聚一堂的圈子中。他的插畫必定曾使許多資賦優異的青年藝術家自歎弗如：「老天，我一輩子也畫不出**那麼**漂亮的東西。」

現在我明白，自己當時實在是一個不知天高地厚的少年。從一開始描摹格瑞格利的作品時，我就不斷地對自己說：「如果我能用心，一定也能做得一樣好！」

・・・

於是，我一個人孤零零地在中央總站。似乎只有我一個人沒有擁抱親吻。我不眞的認爲格瑞格利會前來迎接我，但是至少瑪莉莉也會出現吧？

她知不知道我的長相呢？當然知道。我曾寄給她許多自畫像以及母親爲我拍的照片。

而父親則對相機敬而遠之，說相機所捕捉的，只是一些死人才有的死白肌膚、腳趾甲以及毛髮。我猜想他認爲相片是所有大屠殺遇害者的一種拙劣替代品。

即使瑪莉莉並未見過那些圖片，我的長相還是十分容易識別。因爲我是到那時爲止，搭臥車者中肌膚顏色最深的人。在當時，膚色比我深許多的人是不被列入臥車顧客的名單中的，同時也不被大多數的旅館、戲院及餐廳接受。

・・・

我當時是否有把握在車站認出瑪莉莉？可笑的是：我沒把握。在這些年中，她曾寄過九張照片給我，目前這些照片都和信件綑在一起。這些照片都是由格瑞格利最好的器具拍出來的，而他本人也有成爲優秀攝影師的本錢。但是每一回格瑞格利都會要瑪莉莉擺姿勢，把她當成他所繪畫的某個故事中的人物——約瑟芬女皇、費滋傑羅小姑娘、洞穴中的婦女、拓荒者之妻、美人魚等角色。實在使人很難相信，即使到今天依然不能置信，這九張照片是同一個女人。

二十世紀特快車可是當時最高級的火車，所以月台上多的是美女。於是我只好一個女人接著一個女人盯看，希望能突然喚起她們腦殼中的記憶，點燃她們的辨識之燈。但是，我這麼做恐怕只成就了一件事，那就是：使人以爲有色人種全都是一些愛拋媚眼的色鬼，比白人更接近猩猩、黑猩猩之類的動物。

・・・

保莉・麥迪遜，又名塞西・伯曼，剛剛又走進來，沒問我介不介意就擅自讀了打字機上的文句。我介意得很！

「我的句子才寫到一半，」我說。

「誰不是呢？」她說。「我只是在想，不知道你寫那麼久以前的人的往事，會不會覺得心裡毛毛的？」

「至今尚未覺得，」我回答。「我對多年沒去思考的問題感到有些煩，但只是如此而已。毛毛的？沒想過。」

「想想看，」她說：「你知道所有即將發生在這些人身上的悲慘事情，當然也包括你自己，難道你不想跳進一具時光機中回到從前，給他們一些警告嗎？」她描述了一九三三年洛杉磯火車站的一個詭異場景。「一名手提紙製手提袋及一疊畫作的亞美尼亞小男孩正在向第一代移民的父親道別，他即將前往二千五百哩外的大都市去尋求未來。一名眼戴單眼罩的老頭子，由一九八七年走來，悄悄向他貼近。那名老頭子對他說什麼？」

「我得想想才知道，」我說。我搖搖頭。「什麼也不對他說。取消時光機吧！」

「什麼也不說？」她說。

我這麼告訴她：「我希望他一直抱持著他會成爲一名偉大的畫家以及一名好父親的夢想，

愈久愈好。」

・・・

過不到半小時，她又開始闖進闖出了。「我只是想到一些東西，也許你會派得上用場。」她說。「我會想到這些的原因，是因爲你早先曾提到你父親開始做出美麗的靴子，但你每回望著他的眼睛都會覺得他六神無主——或是你的摯友泰瑞・奇峻開始用噴槍畫出最傑出的作品，而你望著他的眼睛也覺得他六神無主這件事。」

我投降了。關掉電動打字機的電源。我是怎麼學會用打字機的呢？那是在戰後我決定成爲一名商人時，上課學會的。

我輕靠在椅子上閉上雙眼，她的臉上立刻露出譏諷的表情，特別是對有關個人隱私這種事，但我還是試著說：「我**洗耳恭聽**。」

「我沒告訴過你阿比・伯曼死前對我說的最後一句話吧？」她說。

「從來沒說過，」我表示同意。

「那也正是我第一天在思考的事——就是當你走到沙灘來的時候。」她說。

「好吧，」我說。

在臨死之前，她的那位腦外科大夫先生根本不能言語，但是他可以勉強用左手畫下一些訊息。雖然他一向慣用右手，但在當時，他的左手是他全身唯一還稍能動彈的部位。據塞西・伯曼的說法，這是他最後的遺言：「我只是個收音機修理匠。」

「不知是他那受傷的腦子相信這是一件事實，」她說：「還是他為自己曾開過的腦子下了這麼一個結論，認為腦子其實只是由別的地方收得訊息罷了。你聽得懂這個概念嗎？」

「我想我了解，」我說。

「音樂由一個我們稱之為收音機的小箱子傳出來，」她一面說一面抓起我的腦袋瓜用指節敲了起來，「並不意味著箱子裡裝了交響樂團。」

「但這和父親及泰瑞‧奇峻有什麼關係呢？」我說。

「也許，當他們開始做一些他們以前從沒做過的事時，他們的人格也發生了改變，」她說：「也許他們開始接收來自別的電台的訊息，而這些電台可能對他們所該說該做的事，有不同的看法。」

・・・

於是我開始向史賴辛格傳佈這種「人生只不過是收音機」的理論，而他則以玩笑的口吻說：「於是綠河墓園裡只是一堆棄的收音機，」他若有所思地說：「而他們當初接收到的發射機則至今還運轉不息。」

「我想理論上是如此，」我說。

他還說在近二十年來，他腦中所收到的只有靜電，還有一些像以非他所能理解的外國語所播報的氣象。他還說，當他與女演員芭比拉・門肯的婚姻走到盡頭時，她的行止就好像：「她正戴著耳機由音響中收聽柴可夫斯基的《一八一二序曲》一般。也就是從那時候起，她才成爲一名眞正的女演員，而不止是台上深得人憐的美麗女子。她甚至不再是芭比拉。忽然間，她成了芭——鼻——哈！」

他說當他第一次聽到這個名字的轉變，是在辦離婚手續時，也就是當她的律師提到她，而把她的名字拼給速記員的時刻。

後來，在法庭外的走廊上，史賴辛格問她：「芭比拉怎麼不見了？」

她說昨天的芭比拉已死！

於是史賴辛格說：「那我們到底爲什麼還要花錢請律師辦離婚？」

・・・

我說我也曾看過泰瑞・奇峻出現相同的情形。那是在他第一次拿起噴槍把鮮紅的汽車烤漆噴在靠在馬鈴薯倉那面舊壁板時。突然間，他好像變成一個頭戴耳機、收聽著某個我無法聽見的優美電台的人。

紅色是他唯一能用的顏色。我們在幾小時前才由附近的汽車修理廠買了兩罐紅漆和噴槍。

「你**看看**。你**看看**！」他每上一回就說一次。

「在他握上噴槍之前，他正打算放棄畫家夢，而要克紹箕裘地投入他父親的法律事務。」

我說。

「芭比拉當時正打算放棄明星夢，準備生寶寶，」史賴辛格說：「但不久她就得到《玻璃動物園》中，田納西·威廉斯姐姐的角色。」

．．．

事實上，當我現在回想起來，泰瑞·奇峻在看到噴槍在拍賣的片刻，人格就已經起了徹底的變化，而不是當他在壁板上噴下第一槍時才發生的。我偶然瞥見那隻槍，認爲它可能是戰後過剩物資，因爲它和我在戰時僞裝部隊時所用的槍一模一樣。

「替我買下來，」他說。

「做什麼用？」我說。

「替我買下來，」他又說一遍。他一定要擁有它。而若不是我告訴他那是什麼，他甚至連那是一把槍都不知道。

他從來沒有半毛錢，雖然他出身於一個古老的富裕家庭。而當時我所擁有的那一點錢原是打算爲我在泉村所購買的房子添置搖籃和一張兒童床的。我正處在違反家人的意志下、把他們由城裡搬到鄉下的過渡時期。

「但是這是爲我而買的，」他又說。

於是我說：「好，別著急，好，好。」

・・・

現在，再讓我們跳回值得信賴的時光機，回到一九三三年：

在中央總站枯候的我是否生氣？一點也不。因為我深信格瑞格利是人間最偉大的藝術家，所以他絕不會出錯。而在我還需要他、他也需要我之前，我還得原諒他更多更甚於沒到車站接我的事。

・・・

到底是什麼事使得他在成為世間最神妙的畫匠之餘，仍未能走上偉大不朽之路？我曾竭盡心力地思索這個問題，而這答案也適用於我身上。我也一直是抽象表現派裡最具技巧的畫匠，但我從未——也無法攀上藝術的頂峰，我並不是指我耐久緞藍的慘敗使自己無法功成名就。我在這幅畫之前也有過無數作品，之後也有少數，但都成不了大器。

但現在暫時先不提我，而把重點放在格瑞格利身上。格瑞格利的作品是物件上真實的，卻對時間有所欺瞞。他所描繪歌頌的，是片刻的歡愉，由小孩子第一次看到百貨公司的耶誕老人，到大競技場一名鬥劍武士的輝煌勝利，由栓緊跨州火車的螺絲，到一名男子跪著向女士求婚，都納入畫中。但是他缺乏那種膽識或智慧，也許是那份天賦，來表達出時光終究宛如流體流動不息，此一刻並不比彼一刻重要，而所有的片刻都會很快地消失無蹤。

我這麼說吧：丹・格瑞格利只是一名剝製師。他充塞、堆砌、粉飾並保持這些所謂的歡樂時光，而這些最後都令人沮喪地化爲存積灰塵的物品。就好像由拍賣場買回來的麋鹿頭標本，或是牙醫候診室牆上的旗魚掛飾一般。

明白了嗎？

我再這麼說吧：依定義而言，生命，是川流不息的。到底流向何方呢？由出生到死亡，中間不曾稍歇。即便是一張繪著放在方格桌布上的一碗梨子，也是流動的，如果這是一名大師繪作在畫布上的話。是的，基於某種奇蹟，我很確定是當不成畫家了，而丹・格瑞格利也是一樣。但是那幾位抽象表現主義大師們的作品，則一直都存在著偉大的生與死。

生與死甚至還出現在泰瑞・奇峻多年前看似胡亂噴繪的舊壁板上。我不知道他是怎麼把它們放進他的畫中的，而他也不知道。

我歎了口氣。「唉，渺小的我。」老拉伯・卡拉貝金安說。

10

再回到一九三三年：

我把丹・格瑞格利的住址告訴中央總站的一名警察。他告訴我那個位置只在八條街外，而且我不可能迷路。因為在這個城市中，那附近的街道就像棋盤一樣工整。由於經濟蕭條還持續著，因此街道上常常，就像今天一般，到處都是無家可歸的人。而報紙上則總充斥著遣散員工、關閉農莊，以及銀行倒閉的新聞，就像今天一樣。就我的觀點而言，唯一改變的是，感謝電視，使今天的我們可以把大蕭條藏起來。我們甚至是把第三次世界大戰藏了起來。

那只是一小段路，不久我發現自己站在一個高雅的橡木門前。這個門曾被我的新主人用在《自由》雜誌當耶誕特刊封面。巨大的門閂佈滿鐵鏽。在假造鐵鏽與橡木鏽垢上，沒人比丹・格瑞格利高明。叩門的門環塑著蛇髮女妖美杜莎的頭像，其間以毒蛇穿插成她的項圈及頭髮。

如果你直視著神話中蛇髮纏繞的美女，你應該會變為頑石的。我今天這麼告訴那些在我泳池邊嬉戲的孩子。但他們從來沒聽過這個名字。我認為只要是電視上一星期以前所播出的東西，他們全都當成沒聽過。

・・・

在《自由》的封面上，以及在實際的塑像上，美杜莎邪惡的臉上以及纏繞的毒蛇的褶痕上都佈滿了銅鏽。在假造銅鏽方面，也沒有人比丹・格瑞格利高明。在封面上，門環四周還有一圈耶誕花圈，那個花圈在我到達時已被取下，其中一些枝葉早已焦枯或有枯點。在假造植物疾病方面，沒有人比丹・格瑞格利高明。

於是我拿起美杜莎的項圈，然後放掉，**撞擊**的聲音在玄關迴蕩不已。玄關裡飾著樹枝型燭台與螺旋型階梯，這些東西對我而言彷如舊識，因爲我曾在一個有關一名富豪千金愛上她家司機的故事插畫中見過。是在《科莉兒》中，我想。

因**撞擊聲**前來應門者的臉龐，而不是他的名字，也是我十分熟悉的，因爲格瑞格利的許多插畫都以他爲模特兒——包括一個千金與司機的故事。他就是那名司機，那名在故事中除了千金外，人人都輕視他的職業，但卻在後來挽救了千金父親的事業的男子。那個故事，後來因緣際會地拍成電影《你被炒魷魚了》，那是第二部有聲電影。第一部是《爵士歌手》，由艾爾・喬森主演，他本來是格瑞格利的朋友，但在我第一天到達時，他們因爲墨索里尼而鬧翻了。

爲我開門的那位先生長了一張美國英雄臉，而事實上，他在第一次大戰時是一名飛行員。他才是瑪莉莉自己聲稱的角色——是格瑞格利眞正的祕書，而他也是唯一一位伴陪格瑞格利度過痛苦餘生的朋友。他，後來也在埃及身著義大利軍服遭到射殺。不是死在他參與的第一次世界大戰，而是第二次大戰。

我這名獨眼亞美尼亞占卜師在看過水晶球後如是說。

．．．

「有什麼事嗎？」他說。雖然他知道我是誰，也知道我隨時會抵達，他的眼中還是沒有一絲似曾相識的靈光。他和格瑞格利已決定給我一個冷淡的迎接。我只能臆測他們在我到達之前所談的對話，其中一定還包括了一些視我爲瑪莉莉帶來的寄生蟲，以及我是已經偷了價值數百元畫材的小偷這類的句子。

他們一定也說服自己，全都該怪瑪莉莉翻了那個筋斗跌下樓，而且她還很不公平地怪罪到格瑞格利頭上。如我所言，我自己也一直信以爲眞，直到戰後瑪莉莉把眞相告訴我爲止。

於是，爲了得到某些證實，確定我沒跑錯家，我告訴他我是找瑪莉莉的。

「她還在醫院，」他依然擋在門口。

「噢，我很難過，」我說，並且報上自己的名字。

「正如我所料，」他說，但是，他還是不打算邀我進屋。

於是，已走到螺旋梯一半的格瑞格利問他是誰來了，而那名叫做富萊德．瓊斯的男子，就像提到一條蟲似地說：「是你的門生。」

「我的什麼？」格瑞格利說。

「你的門生，」瓊斯說。

於是格瑞格利提出了一個我自己也曾細想過的問題：在當今這個時代，當顏料與彩筆不再是由畫家工作室自製時，門生到底能做什麼？

他是這麼說的：「我對門生的需要和我對一名除草工或吟遊詩人的需要差不多。」

．．．

他的口音既不是亞美尼亞腔，也不是俄國腔——也不是美國腔，而是英國上流社會腔。如果他選擇別種口音，那麼站在樓台上刻意望著瓊斯而不望著我的他，聲音就會聽起來像一個電影中的歹徒，一個牛仔，或是德裔、愛爾蘭裔、義大利或瑞典裔的移民，天知道還會像什麼？在由舞台、銀幕及收音機中假造口音方面，沒有人比格瑞格利更高明。

．．．

這只是他們精心營造的迷霧的**序曲**而已。那時已是黃昏，格瑞格利沒搭理我就逕自回到畫室，瓊斯則把我帶到地下室，有一碗由廚房端來的殘羹冷飯正在傭人餐廳等著我。

那間房子實在美觀，飾著格瑞格利用來畫插畫的各式美國古董。我記得那張長桌，以及那個充滿白蠟製品的角櫃，生鏽的火爐邊還有一支喇叭槍懸在釘子上，正對著煙囱口。這些印象都是得自一幅他在普里矛斯殖民區所繪的感恩節圖片中。

我被安置在桌子的一邊，餐具是任意拋擲到我面前的，而且沒有餐巾。而在另一頭的五個位置的餐具則排列得十分美觀，有布質餐巾，水晶及高級瓷器作的餐具，以及配置工整的刀叉，中央還擺了一個燭台。這些僕人們即將舉行一場門徒未受邀入列的晚宴。我不被認同為其中一員。

也沒有僕人開口和我說話。我就好像是街頭的無賴漢一般。瓊斯甚至還在我吃飯時站在一旁，好像是個獄卒似的。

當我正以生命中從未有過的孤寂進餐時，一名洗衣工，吳山姆，正送來格瑞格利乾淨的衣服。**啪地**！我腦殼中閃過一絲似曾相識的靈光，我**認得**他！他一定也認得我！幾天以後我才明白為什麼我以為自己認識吳山姆，而他則當然並不認識我。穿上絲袍戴上瓜皮帽，這名十分有禮的洗衣工，就成為格瑞格利畫筆下，也是所有小說中最邪惡的角色之一，惡貫滿盈的傅滿洲。

．．．

吳山姆後來會成為格瑞格利的廚子，然後又變回洗衣工。他也成為我後來在戰時的法國買畫後寄回的對象。

我們在戰時的關係十分奇妙而感人。我出國前正巧在紐約市街頭與他重逢，他要了我的地址。因為他說他在收音機中聽過在海外的士兵十分寂寞，大家應該經常寫信給他們。他說我是他唯一熟識的士兵，所以他要寫信給我。

而這件事卻在排上喊信時變成笑話。大家會對我說：「中國城有什麼大新聞嗎？」或是：「這個星期沒收到吳山姆的信嗎？也許有人在他的炒麵下了毒。」這類的話。

直到我戰後收到我的畫後，再也沒接到他任何音訊。他也許根本不欣賞我這個人。對他而言，我只不過是一項他在戰時所參與的活動罷了。

．．．

再回到一九三三年：

由於晚餐糟透了，所以如果我被帶往一個壁爐邊的無窗房間當作臥房時，我也不會感到特別驚訝。但相反地，我被領往三樓上的一個豪華房間，這個房間可能是世上所有姓卡拉貝金安的人所接觸過最豪華的房間了。瓊斯要我在那裡等候格瑞格利得空見我，他估計大約是在六小時以後，也就是午夜時分。格瑞格利當時正在樓下大宴賓客，其中的貴賓包括爵士樂手艾爾．喬森，喜劇演員費爾滋，以及格瑞格利爲其繪過許多本插畫的作家布斯．塔金頓。而我再也沒機會遇見這些人，因爲他們曾和格瑞格利因著對墨索里尼的觀念不同，而大吵了一架。

至於瓊斯帶我進來的房間：這又是另一個丹．格瑞格利的僞造品。那是一間飾著眞古董的仿拿破崙妻子約瑟芬臥房的房間。這是一間接待客人的房間，而不是格瑞格利與瑪莉莉的臥房。把我囚禁在那房間六小時實在是一種精心安排的虐待。一方面，瓊斯毫無掩飾的面孔告訴我，在我當門生期間，這是我的臥房，好像一個出身低微如我者，根本不夠資格住這裡一般。另一方面，我在房裡什麼也不准碰。爲了確保我不會去碰這些東西，瓊斯告訴我：「儘量保持安靜，什麼也別碰。」

一定有人以爲，他們想盡辦法想把我打發走。

．．．

我剛剛才給在我的網球場玩樂的莎萊斯以及她的那群朋友做了個小測驗：「說明下列這些歷史人物：『費爾滋、約瑟芬皇后、布斯．塔金頓以及艾爾．喬森。』」

他們唯一知道的就是費爾滋，因爲他的舊片子在電視上播過。

我告訴他們我從未見過費爾滋，但是當我在第一晚躡手躡腳地走出牢籠，走到螺旋梯的頂端傾聽前來的名人的談話時，馬上辨認出費爾滋那口鼻音，他正在向格瑞格利引介與他同行的那名女子：「我的孩子，這位就是格瑞格利，達文西妹妹所生的可愛子孫，也是一名矮種印第安人。」

．．．

我昨晚在晚餐時向伯曼與史賴辛格抱怨說，時下的年輕人似乎想儘量以最少的資訊來過一生。「他們甚至連越南戰爭、約瑟芬皇后，以及美杜莎都不知道。」我說。

伯曼夫人為他們辯白說，越南戰爭對他們而言根本是老掉牙的事了，和他們沒什麼關係。而且，他們在今日有更多更有趣的方法來學習浮華與性的力量，而不需借助於研讀一名一百七十五年前的外國女人來得到這些知識。「而對於美杜莎，」她說：「人們唯一必須知道的，就是根本沒這個東西的存在。」

還一直以為她只是個半吊子作家的史賴辛格，以一種十分挑剔的語氣教訓她說：「正如哲學家喬治・桑塔亞納所言，不能由歷史中學得教訓者，必將重蹈覆轍。」

「這是不變的事實嗎？」她說。「那麼——我有件事得告訴桑塔亞納先生；不管是什麼原因，我們一直在重複過去。這正是我們活著的意義所在。如果小孩子在十歲左右還無法明白這個道理，那他想必不太聰明。」

「桑塔亞納是一名有名的哈佛哲學家，」史賴辛格，一位哈佛人說。

而伯曼女士說：「大多數的孩子沒錢上哈佛去把腦子搞壞。」

・・・

我前幾天恰巧在《紐約時報》上看到一張被一名科威特人花七十五萬美元在拍賣場上買下的法皇時代寫字桌的圖片。而我幾乎可以確定，那正是我一九三三年在格瑞格利的客房中看到的那張桌子。

那個房間裡有兩件時光錯置的東西，都是丹・格瑞格利的作品。在壁爐邊的，是一幅《魯賓遜漂流記》中坐船遇難者正提到在沙灘只看到一個腳印，而斷定他是島上唯一的住民的插畫。寫字桌旁則是描繪羅賓漢與小約翰，這兩個後來成爲莫逆之交的人初次在獨木橋上相遇，各持短棒、互不相讓的一幕。

當然，羅賓漢最後是大醉而歸的。

11

我在那個房裡睡著了。我當然不想弄亂床鋪或是弄亂其他東西。我夢見我又回到火車上，聽著它**叮叮**與**呼呼**的聲音。**叮叮**的聲音當然不是火車發出來的，而是火車穿越的警示聲，而那些不把路權讓給我們的，立刻會成為輪下之鬼。活該，他們算什麼東西，我們可是大人物呢！

大多數被火車壓死，或停下來等我們經過的人，都是農人或農家子弟，他們全部的家當都綁在快抛錨的卡車上。暴風與銀行奪走了他們的土地，正如在他們的祖父輩時代，美國騎士們由印第安人手中奪走了他們的土地一般。而那些被暴風狂掃的土地如今何在？正在墨西哥灣繁殖著海鮮。

這些在火車軌道邊的白種印第安人對我毫無意義。我在聖・伊格納修看多了。這些人向我及我的父親或長相類似的人，甚至是個情緒複雜的魯馬印第安人詢問有沒有任何人需要做任何工作。

而我在半夜時被瓊斯由火車美夢中喚醒。他告訴我格瑞格利先生想見我，並深覺我躺在地板上睡覺十分不雅。當我睜開眼睛時，他的鞋尖正對著我的鼻尖。

鞋子對高貴的卡拉貝金安家族而言，一直扮演著重要的角色。

．．．

富萊德．瓊斯引我走到瑪莉莉墜落的階梯腳下，這個階梯上達一個萬聖之地——那間畫室。上面看來十分黑暗，而我必須獨自上樓。使人很容易相信上面可能有一座斷頭台在門後等著，一開門就會落下一般。

於是我上樓了。我在階梯的頂端停了下來，看到了一件不可思議的景象，六個大煙囪與壁爐，每一個中央都燃燒著熊熊的烈火。

讓我由建築的角度來討論我所見到的東西：格瑞格利買了三幢典型的紐約大棕石屋，每一幢都有三個窗戶寬，四層樓高，五十呎深。每一幢石屋在每一層樓又設有兩個壁爐。我以爲他的宅子只不過是有橡木門以及爬滿銅綠的美杜莎頭像門環的普通屋子而已，所以我完全沒想到會在頂樓看到這樣的奇觀。這個景觀幾乎以我行我素的方式獨排時間與空間的囿規。在下面幾層，包括地下室在內，他以門或拱道把三幢房子相連在一起，而在頂樓，他則把隔間完全拆掉，只剩下六個壁爐。

我在紐約第一夜的全部照明，來自六個壁爐的火光，以及屋頂上黑白相間條紋的白色部分。那些條紋的光源是來自樓下的街燈，透過九扇俯視東西四十八街的窗戶，把光線切割成一條條的彩帶。

丹．格瑞格利在哪裡？我第一眼並沒有見著。他紋風不動，靜靜地——而且隨便套著一件寬大的土耳其黑袍背對著我，躬身趴在一個放在房間中央火爐前的駱駝鞍上，離我大約二十呎左右。我是先認出他前方的壁爐飾品後才發現他的。那是這個洞穴中最皎白的物品。那是一組八個依大小排列的頭骨，兩旁各是小孩與老曾祖父的頭顱——是食人族的馬林巴琴。

那裡還流動著一首樂曲，是一些擺設在格瑞格利右手邊，由漏水的天窗下的盆與鍋所奏出的沉悶的遁走曲。天窗正覆蓋在一片溶雪下。

・・・

「**滴滴**，」靜悄悄。「**乒蹦**，」靜悄悄。「**嘟**，」靜悄悄。那是當我正盯著丹・格瑞格利無庸置疑的傑作——他個人充滿原創力的作品——那間畫室時，所聽見的樂曲。

而在這件傑作之中，有一些令人歎爲觀止的小收藏。包括有武器、工具、玩偶、圖像、帽子、頭盔、飛機模型，以及包括一隻鱷魚與一隻站著的北極熊這類東西的塡充玩具。除此之外，還有五十二面不同時代與造型的鏡子，其中有許多還是在意想不到的地方以非常驚險的角度懸吊著，更把這種眩目的景觀推到極致。就在階級的頂樓，我發現自己看不見丹・格瑞格利，但卻發現了千千萬萬個我！

我知道一共是五十二面鏡子，因爲我第二天重新數過。其中有一些是我每週必須擦拭的。其他的如果我任意擦拭就是自尋**死路**。在假造鏡子的塵埃方面，沒有人比丹・格瑞格高明。

現在他開口了，稍稍移動了一下肩膀以便使我能辨認出他所在的位置。於是他這麼說：

「我也是到哪裡都不受歡迎。」他還是繼續用他那一口英國腔，除非是開玩笑，否則英國腔一直是他唯一使用的腔調。他又說：「對我而言，不受我的主人歡迎與賞賜是一件好事，你看看我今天的成就就會明白。」

⋯

他說他的馴馬師父親在他出生時，因爲不能容忍他的哭聲而差一點把他殺了。「我只要一開始哭，他就會用盡各種方法讓我馬上閉嘴。」他說。「他自己當時也只是個孩子而已，所以很容易會忘記身爲父親的角色。你幾歲？」

於是我說出第一句話：「十七歲。」

⋯

「我出生時，我父親只比你大一歲，」丹．格瑞格說。「如果你現在開始繁殖，到你十八歲時也會在這個遠離家園的大城市中，有一個哇哇亂啼的寶寶。你想在這個城裡以畫家揚名立萬吧，不是嗎？我父親以前也曾想以馴馬師的身分在莫斯科揚名立萬，但他立刻發現那些位置都被波蘭佬占光了，不管技術多精良，他充其量也只能成爲一名馬廄夫而已。他在我母親十六歲時把她由族人手中騙來，母親唯一知道的事，就是父親保證他們馬上會在莫斯科名利雙收。」

他站起來面對著我，我還是站在階梯頂層動也不動。我爲那雙破鞋新換上的橡膠鞋跟正在頂階的空氣中顫動著，更使我十分不願意在複雜而鏡子圍繞的環境下自暴短處。

而現在格瑞格利本人則只剩下一張臉和一雙手而已，因爲他穿著黑色的土耳其袍。那個頭對我說：「我就像基督一般，是在馬廄出生的，我當時是這麼哭的：」

由他的喉嚨發出了一陣假裝是一個只會哭、而且不受歡迎的寶寶的空洞哭聲。

我嚇得毛骨悚然。

12

丹・格瑞格利，或是在舊世界中人家稱他的格瑞格利安，是在五歲時，由一名藝術家比司庫尼可夫的妻子把他救出他雙親的魔掌的。這位先生當時是帝國公債與紙幣的鑄板師。她並不喜歡格瑞格利，他只是一個他妻子不忍見被雙親虐待的迷途髒小孩而已。於是，她就把他當成那一群她帶回家的迷途小狗小貓一般，交給僕人去清洗撫養。

「她的僕傭對我的感覺，就像我的僕傭對你的感覺一般，」格瑞格利對我說。「我就像鏟除爐灰、清洗燈罩或打地毯一樣，對他們而言，只是一項新工作而已。」

他說他努力學習貓狗的生存之道，然後如法炮製。「那些動物每天都有一大段時間在房子後面的比司庫尼可夫的工作室中晃來晃去，」他說。「那些學徒和出師的小工都會摸摸那些動物，給他們東西吃，於是我也如法炮製。而我也做了一些其他動物辦不到的事。我學會了那裡所使用的各種語言。比司庫尼可夫曾留學英、法兩國，因此他喜歡用這兩種語言向幫手下達指示，而且以爲他們都聽得懂。很快地，我把自己訓練成一名通譯，正確地告訴他們主子要他們做的事。在此之前，我又學會了俄語和波蘭語，這是僕人教我的。」

・・・

「還有亞美尼亞語，」我補充說。

「不，」他說：「我從那一對成日醉醺醺的雙親只學會了驢嘶、猴叫以及狼吼而已。」

他說他還精熟工作室中所有的工作。而且，就像我一樣，他深具慧根，可以在很短的時間內就把大多數的人或物都描繪得維妙維肖。「十歲時，我已經成為一名學徒了，」他說。

「十五歲時，」他繼續下去，「大家都知道我是個天才。比司庫尼可夫感到受威脅，於是交給我一項大家都認為辦不到的任務。如果我能手繪一張一盧比的紙鈔，正反兩面都要，而且能騙得過市場上的明眼商人時，他願意升我為小工，結束我的學徒生涯。」

他露出牙齒對我笑了笑，「在當時，製造偽幣，」他說：「會被抓到市場吊死示眾。」

・・・

年輕的丹・格瑞格利花了六個月完成一張人人稱好的紙幣。比司庫尼可夫則稱這個行為幼稚，而把它撕得粉碎。

格瑞格利又花了六個月的時間，繪製了一張更好的紙幣。比司庫尼可夫則宣稱這次的作品比前一次還糟，而把它投入火爐中。

格瑞格利又繪了一張更好的，這次花了他一年的時間。當然，在這段期間，他還是得照做他在工作室與家中的固定雜務。當他完成了第三張假幣，卻把它放進口袋，反而把那張他用來做範本的眞盧比交給比司庫尼可夫。

正如他所料，那主子又譏諷他這次的作品。但是，在比司庫尼可夫銷毀這張紙幣前，年輕的格瑞格利趁機奪下那張鈔票往市場跑去。他用眞盧比買了一包雪茄，還告訴菸販，錢是來自皇家紙幣鑄板師比司庫尼可夫那裡，所以**當然**是眞盧比。

比司庫尼可夫在男孩持著那包雪茄回來時嚇壞了。他從來沒有讓格瑞格利把僞幣用到市場上的意思，只是用它來作爲男孩追求卓越的標準而已。由他狂亂的眼神、冒汗的雙眉與喘息聲，可以看出他是個一時受嫉妒影響而失去判斷力的老實人。因爲他聰明的學徒把眞盧比當成自己的作品交給他，而使他忽然間把它當成假鈔。

現在，這名老先生該怎麼辦？菸販想必也認出這是一張僞鈔，而且知道它的來源。之後呢？法律之前，人人平等，所以這名皇家鑄板師可能得和他的學徒被並排吊死在市場上。

「爲了保住性命，」丹．格瑞格對我說：「他本人想出一個辦法要回那張他認爲會致命的紙張。他向我要了我繪製的藍本。而當然，我就把我完美的僞鈔交給他。」

．．．

比司庫尼可夫告訴菸販一個十分可笑的故事，聲稱他的學徒拿來買雪茄的那張盧比對他有特殊的感傷意義。而對菸販而言，這張盧比並沒有什麼特別之處，因此菸販就把眞鈔換成了假鈔。

老人微笑地走回工作室。但是，當他一走進工作室，就信誓旦旦要打死格瑞格利安。直到那時爲止，格瑞格利安每回都像個乖巧的學徒般，任憑他打罵。

這回小男孩則跑開了，並且開始嘲笑他的主子。

「這時候你還有膽子笑？」比司庫尼可夫叫吼著。

「從現在起到死爲止，我都可以放聲大膽地笑你了，」這名學徒回答他。他把眞假盧比的來龍去脈都告訴了他的主子。「我早已經超越你了，你已經沒辦法再給我任何指導了。我實在是個天才，而把皇家紙幣鑄板師耍得團團轉，利用他幫我把一個假盧比拿到市場上花用。如果我不幸被逮到，而和你並肩被吊死在市場上時，我在世間的最後一句話將是對你的懺悔。我會這麼說：『你對我的評價是正確的。我並不像我自己認爲的那麼有天分。再會了，殘酷的世界，再會！』」

13

自負的丹・格瑞格利安就在當天離開了比司庫尼可夫，而且很輕易地成為另一名鑄造絹絲網專家手下的小工。這名專家專門印製劇院海報以及為兒童書繪插畫。而格瑞格利安製作的偽幣則從未被察覺，至少，沒有人循線調查他，或者是比司庫尼可夫。

「而比司庫尼可夫對眞相當然是守口如瓶，」他告訴我，「從來沒向人提起他和他的得意門生到底是怎麼拆夥的。」

・・・

他說目前為止他一直在從旁協助我，使我不受歡迎。「由於你現在的年齡比我當初超越比司庫尼可夫時大得多，所以我們絕對不能再浪費時間，應該馬上為你安排一件和手繪盧比的分量不相上下的工作。」他假意費心思索了幾種可能的工作，但我可以確定其實早在我到達之前，他就已經構思出最惡毒的一招了。

「啊！」他說。「我想到了，我要你在現在所站的位置設一個畫架，然後畫一張這個房間的畫——必須和照片**沒兩樣**才行。差不多吧？希望不會比我以前的工作難。」

我嚥下一口氣說：「不，先生，」我說：「當然比不上。」

於是他說：「好極了！」

．．．

這是我兩年來第一次到紐約市。是塞西．伯曼建議我前往的，而且要單獨前往——以便證實我依然健康如昔，不需要他人協助，也不是老而不死的無用之人。現在已是八月中旬，她在此地轉眼已兩個月多一點，也就是說我寫這本書已經寫了兩個月。

她信誓旦旦地說，只要我願意重尋多年前我由加州前來時的一些老地方，她保證紐約市必定是我青春之泉。「你的肌肉將會向你證實你老當益壯，」她說：「只要你願意，你的腦子也將證實它和多年前一樣**靈活**管用。」

聽起來很不錯。但是，你知道嗎，她這麼做其實是在佈置地雷。

．．．

她的保證有一度幾乎得到證實，但事實上她根本不管我的腦袋還中不中用。她只是想把我趕出家園一陣子，好讓她能在我的田產上爲所欲爲。

至少她還沒有闖進馬鈴薯倉——只要給她足夠的時間，再加上一把鐵橇與斧頭，這件事她倒是能獨力作業。而她所需要做的，只是到工具室去拿一把鐵橇和斧頭即可。

在我到紐約再度走訪初來乍到的足跡，到中央總站以及丹．格瑞格利三個棕石築成的宅子時，確實感到活力充沛而且充滿信心。如我所知，它們又已分成三間房子了。它們大約是在我父親過世，也就是美國加入大戰三年以前就拆為三幢了。什麼戰役？當然是伯羅奔尼撒之役呀，難道除了我以外，又沒有人知道伯羅奔尼撒之役了嗎？

．．．

我再度開始回憶錄的部分：

格瑞格利的宅子在他、瑪莉莉及瓊斯開始前往義大利加入墨索里尼的社會體驗不久之後，就拆為三間了。雖然當時他與瓊斯已經年過半百，他們還向墨索里尼尋求為義大利軍隊服務的機會，在沒有軍階與部隊的情況下，為義軍的行動作畫，而且也得到墨索里尼的答允。

他們在美軍加入攻打義大利、德國與日本還有其他國家的對抗戰一年之前遇難。他們是在一九四〇年十二月七日左右，在埃及的西迪巴拉尼遇害的。由大英百科全書中，我得知那場戰役英軍以三萬的士兵擊敗義大利八萬大軍，得戰俘四萬名，槍隻四百枝。

是的，由於格瑞格利與他形影不離的瓊斯都是武器白癡，我想應該說他們是被米力大坦克，外加上了刺刀的恩田來福槍聯合做掉的。

．．．

瑪莉莉爲什麼和格瑞格利及瓊斯一起到義大利呢？因爲她深愛格瑞格利，而格瑞格利也愛著她。

這樣的解釋夠簡單明瞭吧？

．．．

那三幢格瑞格利的舊屋的最東一幢，在我這次的旅行中，發現它已成爲沙利巴酋長駐聯合國代表團的所在地。這是我第一次聽到沙利巴這個國家，但是卻在大英百科中遍尋不著。我只能在百科全書中找到這個名字，是一座沙漠城鎮，人口約有一萬一千人，和聖・伊格納修的人口數相當。塞西・伯曼說，我應該換一套百科全書了，外加一些新領帶。

巨大的橡木門與門閂依然如昔，但是美杜莎頭型的叩環則不見了。格瑞格利把它拿到義大利去，而在戰後，我又再度在瑪莉莉在佛羅倫斯的宮殿門前窺見。

也許，現在美杜莎門環又漂流異鄉了。因爲義大利的，同時也是我摯愛的伯堂馬吉歐女爵士在我摯愛的艾蒂斯過世那一週，也壽終正寢了。

對老拉伯・卡拉貝金安而言，眞是**要命**的一週！

．．．

中間的那一幢棕石屋則被改建成五間公寓，由大廳的信箱與門鈴看來，包括地下室，每層有一間公寓。

但是，別對我提起大廳！等一會再詳述！所有美好時光的往事。

．．．

中間那一幢屋子以前曾有一間客房，也就是我第一次被囚禁的房間，下面是格瑞格利的大餐廳，再下面是他的研究書房，而地下室則是他的畫材供應室。而我最好奇的，莫過於是最頂樓的房間，那裡曾是格瑞格利那個有滴水大天窗的工作室。不知道上面是否還有天窗，而住在上面的人是否已想出止漏的方法，還是一如往昔，在下雨或下雪時在天窗下有著一些鍋碗瓢盆，打奏著約翰．凱吉的音樂。

但因爲無人可問，所以我也無從得知解答。因此，親愛的讀者，這一部分是一個故事的敗筆，因爲我永遠也沒有解答。

再談談另一幢房子。由房子西邊的信箱與門鈴來看，很明顯地，底部是隔成三間，上去是兩間。第三幢屋住著的是僕人，我以前也曾在此擁有一間具體而微的房間。瓊斯的臥室，則是在沙利巴酋長國所在的格瑞格利與瑪莉莉房間的後方。

．．．

一名女子由這三併與雙併的公寓走出來。她已垂垂老矣，但姿態卻十分優美，不難看出以前想必是個美人胚子。我盯著她看，忽然腦中閃過似曾相識的靈光。我認得她，但她不認識我。我們素昧平生。我發覺我在她年輕時曾看過她的電影。幾秒之後，我想起她的名字。她正是芭比拉・門肯。保羅・史賴辛格的前妻。他和她已失去聯絡多年，並不知道她住在哪裡。她已好久沒有拍電影或上電視了，但她就在眼前。葛麗泰・嘉寶與凱撒琳・赫本也都住在附近。

我並沒有和她說話。我應該和她說話嗎？應該和她說什麼？「保羅平安並向你致意。」或者，這麼說吧：「告訴我妳的父母是怎麼死的？」

・・・

我在自己入會多年的世紀俱樂部用餐。來了一名新領班。於是我問他舊領班羅伯呢？他說羅伯在俱樂部門前被騎腳踏車誤闖單行道的郵差撞死。

我說這眞是糟糕，而他也衷心表示同意。

我在俱樂部中一個人也不認識，這是想當然耳，因爲我所認識的人幾乎全部作古了。但我在吧台上認識了一個年紀顯然比我小的作家，他和塞西・伯曼一樣，專寫青年小說。我問他是否聽過保莉・麥迪遜其人其書，他反問我有沒有聽過大西洋。

於是，我們共進晚餐，他說他的妻子出城教課。她是一位有名的性學專家。

我儘量拐彎抹角地問他，和這種對性技巧具充分知識的女人做愛，是不是一種異常的負擔？他轉動著眼珠望著天花板對我說，我眞是一針見血。「我必須**不停地**告訴她，我對她的愛源源不斷，」他說。

．．．

我一整夜都在阿爾格更飯店的房內看色情電視節目。我有心無意地看了一晚。

我打算搭明天下午的火車回去。但是在早餐時遇見了一個東漢普敦鄰居，佛洛伊德．帕門拉滋。他也是要在下午返家，所以順便用他的凱迪拉克加長型載我一程。我很爽快地答應了。

這件交通工具實在令人滿意。那輛凱迪拉克比二十世紀特快車子宮般的車廂好得多。二十世紀特快車這種火車，如我所言，正如蠕動的子宮，外加一些無法解釋的噪音。但是，凱迪拉克則有如棺材。帕門拉滋和我看來得死在車裡了。這車子十分舒適，我們兩人就像坐在一個寬敞的死徒型棺木中。每一個人都得和他人同葬，只要可行的話，每個人都得如此。

．．．

帕門拉滋說起尋找他生命中的零星片段，以便重組過去。他和塞西．伯曼同齡，都是四十三歲。三個月前，一家大電視網公司給了他一千一百萬請他辭去總裁的位置，他說：「我還有大半輩子好活。」

「是呀！」我說。「我想是的，」

「你認為我還有時間成為一名畫家嗎？」他說。

「永遠不嫌晚，」我說。

．．．

不久之前，我知道他才問過史賴辛格他是否來得及成爲一名作家。他認爲別人可能會想聽聽有關他與那家電視網的恩怨，這是他這方面的說詞。

史賴辛格後來告訴我，應該有一些方法可以說服帕門拉滋，或住在漢普敦的像帕門拉滋之類的人，說他們對經濟的扭曲已經超過極限了，最好別再往其他方面下手。他建議我們在這裡成立一間富豪名人堂，爲股票仲介商、接管專家、土地資本家、投資銀行家、投機拜金者立半身像，並在石上刻下個人的數據——他們在多短的時間內，合法竊取了多少錢。

我問史賴辛格，**我**是否有資格登上富豪名人堂。他想了想，然後告訴我，說我屬於另一類型的富豪名人堂，因我的金錢來源大多出自意外，而非貪婪。

「你屬於**傻福**名人堂，」他說。我認爲也許這個傻福堂應興建於拉斯維加斯或大西洋城更恰當。但不久，他又改變心意了。「我想，應該在有金礦的加拿大科隆待克，」他說。「大家如果想看拉伯．卡拉貝金安在傻福堂的半身像時，應該得穿雪鞋或騎雪橇前來。」

他無法**忍受**我繼承一點辛辛那提虎隊的小股份，而且一點也不把這支外地球隊放在眼裡，因爲他是一名瘋狂的足球迷。

14

於是，帕門拉滋的司機把我載到我家門口的第一個台階前。我像被太陽曬昏眼的德古拉爵士一般，爬出這個美妙的小棺木。我摸索到前門，然後走進家門。

我向你描述一下我所應看見的大廳。除了地下室和傭人房之外，大廳牆壁應和屋內其他房間一樣，都是牡蠣白的顏色。泰瑞．奇峻的「魔窗」應會像天國般浮現在我眼前才是。左邊應該有一幅馬諦斯畫中的女人抱著一隻黑貓站在一片長滿黃玫瑰的磚牆前。那是艾蒂斯為慶祝我們結婚五週年而光明正大地由畫廊買回來的。右手邊應是一幅泰瑞．奇峻用自己的畫作和菲力普．加斯頓（Philip Guston）交換來的漢斯．霍夫曼（Buick Roadmaster）的作品。泰瑞．奇峻在我為他那輛糞棕色的別克敞篷車換新排檔後，把那幅畫給了我。

．．．

對於想多了解這個大廳的人，只消找出一本一九八一年版的《建築師與裝潢師》雜誌二月號，即可得知。那期雜誌的封面，正是打開大門拍攝的，當時在門口石板路步道的兩旁還長著兩排蜀葵。封面文章主要是說這間屋子是一幢重新整修過，用來保存當代藝術的維多利亞式傑作。至於大廳，文中提到：「卡拉貝金安家的大廳入口的典藏，堪稱是座小博物館的當代藝術永久收藏。但對後面這些挑高天花板的白色房間裡的大餐而言，大廳的收藏只是**小點**而已。」

而這段宛如新舊藝術品美好姻緣的主宰是我，拉伯・卡拉貝金安嗎？不，親愛的艾蒂斯才是。是她建議我把所有的收藏從儲藏室拿出來的。這幢房子，畢竟是塔夫特家族的資產，不僅有艾蒂斯的美好童年的夏日，還有她對完美的第一次婚姻的回憶。當我第一次由馬鈴薯倉搬進屋裡時，她曾詢及這個老舊的環境是否會使我感到不適應。我從心底眞心地告訴她，我很喜歡它的一切，請她不必費心爲我改變什麼。

於是，艾蒂斯叫了建築商，要他們把壁紙全撕掉，換掉燭台式吊燈，裝上排燈——並且把橡木板、窗沿與房門全漆成牡蠣白。

當一切完成後，她看起來年輕了二十歲。她說她差一點到進棺材都還沒發現自己在整修裝潢方面的天賦。接著她說：「打電話給甜蜜的家庭搬家與儲物公司。」我的收藏已放在這家公司的倉庫經年。「讓他們把你光芒四射的作品帶來，一如帶進這個家一般，『你現在才眞正回到**家**』！」

・・・

但是，當我由紐約之旅回家時，眼前的景象，憑良心說，使我以爲找到了一個謀殺案的現場。我不是在開玩笑，我以爲我看到鮮血與血塊了。我想我至少花了好幾分鐘才眞正看清眼前的一切！壁紙的圖案是在黑色背景上有一朵朵和甘藍菜一般大小的血紅玫瑰，門、窗沿及牆緣都是糞棕色的，此外還有六幅紫絲絨爲護邊的小女孩邋鞦韆的石板畫。這些板畫的框架看來重量和剛剛送我進這場大災難的豪華轎車不相上下。

我有沒有尖叫呢？他們告訴我，我叫了。他們事後還得告訴我我叫了什麼。他們聽見了，但我自己並沒有聽見。首先進來的廚子及她的女兒聽見我一遍又一遍地喊著：「我走錯房子了！我走錯房子了！」

想想看：我回家這件事，其實是他們這一整天苦苦守候的驚喜會。而他們現在唯一能做的，竟然只是不要在我的震怒之下笑得太明顯。完全罔顧我以前對他們的和善。

這是什麼世界！

．．．

我問廚子，而且現在我已恢復神智，可以聽見自己的聲音了。我說：「是誰弄的？」

「是伯曼夫人，」她表現出一副完全不覺得這件事有什麼不對一般。

「妳怎麼能讓她這麼做？」我說。

「我只是個廚子，」她說。

「我以爲妳也是我的**朋友**，」我說。

「我以爲你也喜歡這樣，」她說。事實上，我們兩人向來就不親近。「我覺得很好看，」

她說。

「是嗎?」我說。

「比以前好看,」她說。

於是,我轉身問她女兒,「妳覺得比以前好看嗎?」

「是呀,」她說。

「嗯,」我說,「那可好!我前腳才出門,伯曼女士後腳就找了壁紙工來工作了。不是嗎?」

她們搖搖頭。她們說伯曼夫人一個人把工作全都包了。她就是在幫她丈夫貼辦公室壁紙時認識他的!她以前是一名壁紙師傅。你還能怎麼辦?

「在貼過辦公室後,」莎萊斯說:「他又請她去貼家裡的壁紙。」

「幸好她沒有連**他**都上壁紙!」

接著莎萊斯說:「你知道你把罩子弄掉了嗎?」

「我的什麼?」我說。

「你的眼罩,」她說。「它現在就在地板上,而且你正踩著它。」

這是眞的!我可能因爲一時氣憤過度,在頭髮上亂抓時,不小心把眼罩扯下來。於是,他們現在正盯著我那一團連艾蒂斯都沒見過的模糊組織。我的第一任妻子當然見過許多次,因爲她當時是班傑明哈利森堡的駐站護士。在那裡的一名外科醫生在戰後想爲我開刀把這一團混亂稍微清理一下。他還得動上許多次手術才能使一隻玻璃眼珠固定在眼內組織中。於是，我選擇佩戴眼罩。

而現在，眼罩卻在地上！

・・・

我的身上最隱密的畸形部位正赤裸裸地暴露在廚子和她的女兒面前！而現在，史賴辛格也及時趕來看這一場好戲。

他們對眼前所見都十分冷靜，並沒有因驚嚇或噁心而大聲叫喊。彷彿我不管戴不戴眼罩都是一個樣。

在我把眼罩戴回去之後，我對史賴辛格說：「這件事發生時你在現場嗎？」

「當然，」他說。「我才不願錯過這場好戲。」

「你當時知道我會有什麼反應嗎？」我說。

「那正是我不能錯過的原因，」他說。

「我實在不明白，」我說：「忽然間你們聽起來都好像是我的敵人一般。」

「我不知道另外兩位怎麼想，」史賴辛格說：「但你確實是我的敵人。你爲什麼不告訴我她就是保莉・麥迪遜？」

「你怎麼知道的？」我說。

「她告訴我的，」史賴辛格說。「我看到她的舉動而求她別這麼做，因爲我認爲這麼改會弄死你的。但她說這可以使你年輕十歲。」

「我認爲事情已經到生死關頭了，」他繼續，「於是決定採取直接的手段。」這名男子恰巧曾因在長崎處理掉一顆拉了引線的日本手榴彈，保衛司令官的安全而得到過銀質動章。

「於是我盡力拿起所有我拿得動的壁紙，」他說：「跑到廚房把它們放進冰箱藏起來，怎樣，夠朋友吧！」

「老天**保佑**你！」我大叫。

「是的，而且去他媽的蛋，」他說。「她緊追在我後面，問我把那些壁紙弄到哪去了，我罵她是瘋巫婆，她罵我吃白飯的，是『美國文壇的半吊子』。」「你憑什麼在這裡談文學？」我問她。於是她就告訴我了。

她對他說的是：「我的小說光去年就在美國賣了七百萬本。有二部在我現在站在這裡時已拍成電影，其中有一部去年還奪得最佳攝影、最佳女配角以及最暢銷的金像獎。小伙子，和保莉・麥迪遜，世界文壇的中量級拳王握個手吧。現在，請把壁紙還我，不然小心我扭斷你的手！」

・・・

「你怎麼能讓我出洋相出這麼久——」他說：「讓我在她面前班門弄斧地告訴她寫書的小

技巧？」

「我一直在等恰當的時機，」我說。

「你這狗雜種，你錯失良機了，」他說。

「她和你是不同領域的，」我說。

「沒錯，」他說：「她比較有錢也比較高明。」

「當然不見得比較高明，」我說。

「這女人是個惡魔，」他說：「但是她的書確實好極了！她是華格納再生，是從古到今最可怕的人物之一。」

「你對她的作品怎麼那麼清楚？」

「莎萊斯全套都有，所以我全看了，」他說。「眞是一大諷刺，整個夏天我都在看她的大作，並且讚歎不已，卻當著她的面，不明究理地把她當成一個門外漢。」

原來**他**這個夏天就是在做這件事：讀遍保莉．麥迪遜所有的作品。

．．．

「自從我發現她的眞實身分，」他說：「以及你的祕而不宣後，我對重貼壁紙這件事就表現得比她更熱心。我告訴她如果要讓你更開心一點，我會把所有的木框漆成糞棕色。」

他知道我對大家稱爲「糞棕色」的顏色有兩次不愉快的經驗。即使是當我還是個小男孩時，聖．伊格納修就叫它作「糞棕色」了。

經驗之一發生在多年前布魯克兄弟公司外，我在那裡買了一套夏季西服，這套衣服已經爲我修改過，我覺得很不錯，決定穿回家。我當時已與桃樂絲結婚，我們尚住在城裡，我們兩人還計劃我走上商人之途。沒想到我一踏出店門，就被兩名警察架住，嚴密盤查。不久，他們向我致歉，並放我走。他們說剛剛有一名歹徒套著絲襪蒙面作案，在銀行搶劫。「大家所能告訴我們的，」其中一名警察對我說：「只有一件事，那名歹徒的西裝是糞棕色的。」

經驗之二則與泰瑞．奇峻有關。在泰瑞．奇峻、我，以及其他同好們搬到較便宜的地方及馬鈴薯倉後，泰瑞下午就在當地工人的一家私人俱樂部飲酒。這名男子，恰巧是耶魯法學院畢業生，曾爲最高法院法官約翰．哈連做助理，也曾是八十二空降師的少校。我不僅在經濟上協助這名男子，我還是他每回自己或請人家由酒吧打電話投訴說他醉得不能開車的對象。

而這個泰瑞．奇峻，除了溫思柔．何曼（Winslow Homer）可能例外之外，這個目前大家對他是否是漢普敦最重要的畫家都還爭議不休的人，在當地酒吧一些記得他的人的口中，就是一個「開糞棕色敞篷車的傢伙」。

15

「伯曼夫人現在在哪裡？」我很想知道。

「在樓上——準備盛裝赴會，參加一場重大的約會，」莎萊斯說。「她看起來漂亮極了，你等一會看了就知道。」

「約會？」我說。她來這裡的期間根本沒約過會。「她會跟誰約會？」

「她在沙灘上遇見一位心理醫師，」廚子說。

「他開法拉利跑車，」她女兒說。「她換壁紙時，他幫她扶樓梯。他要帶她赴賈姬．甘迺迪在南漢普敦舉辦的晚宴，然後要到沙格港跳舞。」

此時，伯曼夫人出現在大廳，看來沉穩莊嚴宛如一艘有史以來最美的輪船，法國戰艦**諾曼第號**。

・・・

當我在戰前為廣告公司畫插畫時，曾畫過一張**諾曼第號**的旅遊海報。而當我在一九四二年二月九日啓程前往北非服役，並把住址留給吳山姆時，紐約港的天空正佈滿濃煙。

爲什麼？

因爲工人把郵輪改爲軍艦後，這艘有史以來最美的輪船中間，燃起了無法控制的大火。這艘船的名字，我再重複一遍，而且願她永遠安息，正是：**諾曼第**。

．．．

「這一切實在太過分了，」我告訴伯曼夫人。

她微笑。「我看起來怎麼樣？」她說。她實在太過肉感了——她豐滿的體態被誇大了，在金色的高跟舞鞋上顫動著。她的緊身宴會裝是低胸的，毫無羞恥地把她前胸的豐滿球體展露出來。眞是一隻騷牛！

「我才不管**妳**看起來怎麼樣呢！」我說。

「有人會管，」她說。

「你看看妳把大廳**弄**成什麼樣子了？」我說。「這才是我要和妳討論的事，我才不管妳的衣服看起來**到底**怎樣！」

「有話快說，」她說，「我約會的對象隨時都會出現。」

「好，」我說：「妳的所作所爲，不只是對藝術史不可原諒的侮辱，同時也是對我在黃泉之下的**妻子**的侮辱。妳很清楚這大廳是她的一片心血，而不是我的。我可以繼續用理性而平靜的口氣和妳談話，也可以慢條斯理地說而不雜亂無章地東拉西扯，也可以和和氣氣而不必像**瘋**

狗亂咬人。但是，因爲妳，伯曼女士，要我長話短說，我只好用直截了當的方式自我表達，也因爲妳那好色的心理醫師隨時會開著法拉利來接妳，就這麼說吧：妳給我滾，而且永遠別回來。」

「哇噻，」她說。

「哇噻？」我譏諷地重複。「我想，這必定又是另一句保莉·麥迪遜的小說作者所說的，具高度智慧的話。」

「你讀一讀這些作品也不吃虧呀，」她說。「他現在才體會人生，」她指了指史賴辛格。「你和你的同伴都沒度過經濟大蕭條和二次大戰。」

她戴了一隻我從未見過、鑲滿鑽石與寶石的腕錶。而那隻錶掉到地上。

廚子的女兒大笑，我很生氣地問她有什麼好笑。

她說：「今天每人都掉東西。」

塞西於是拾起手錶，問道還有誰掉東西。莎萊斯就把眼罩的事告訴她。

史賴辛格趁機嘲諷說：「你應該看看那個疤的，」他說。「實在是最可怕的疤！我還沒見過這麼令人作嘔的缺陷。」

如果是別人說這句話，我絕不饒他。但由於是史賴辛格說的，我只好接受它。他身上有一條寬長有如密西西比河谷的疤，由前胸到鼠谿，那是他臥倒在手榴彈上時弄的。

・・・

他只剩下一個乳頭，有一回，他問我一個謎題：「什麼東西有三隻眼，三個乳頭，兩個肛門？」

「我猜不出，」我說。

於是他說：「保羅・史賴辛格加上拉伯・卡拉貝金安。」

・・・

他在大廳對我說：「直到你拿掉眼罩之前，我還不知道你這麼**沒用**，眼罩下面看來還是可以擠眉弄眼嘛。」

「現在你知道了，」我說。「希望你與保莉・麥迪遜通通滾，不再回來。你們兩人利用我對人的殷勤占了不少便宜。」

「我有付錢，」塞西・伯曼說。這倒是真的。從第一天起，她就堅持支付廚子、食物及酒的費用。

「而除了錢以外，你欠我的才多呢！」她又說。「你一百年也償不完。我走了以後，你就會明白，光這個大廳，我就幫了你很大的忙。」

「幫忙，你剛剛是不是說**幫忙**？」我冷笑。「你知道這些畫對有一點藝術常識的人有什麼意義嗎？它們是對藝術的否定！它們不是中性而無意見的，它們是所有人類的智力及技巧都無法逃脫的黑洞。更糟的是，這些東西把很不幸看到它們的人的尊嚴、自尊全吸光了。」

「聽起來這些畫還蠻有力量的嘛，」她一面說一面想再試試運氣，把錶扣回手腕上。「那錶還會走嗎？」我說。

「好幾年前就不走了。」她說。

「那你爲什麼還戴它？」我說。

「儘量打扮得好一點呀！」她說，「可是扣子壞了。」她把錶交給我，並利用我告訴她我的母親因大屠殺致富的故事作了些暗喻。「吶！拿去。拿去買一張車票到某個可以使你快樂一些的地方——就像在大蕭條或二次大戰時一樣。」

我伸手把那個禮物推開。

「買一張我來之前你一直居處的地方的車票怎麼樣？」她說。「更何況你不需要車票。只要我一搬出去，你馬上又可以回到原處了。」

「六月時我還蠻快樂的，」我說：「可是後來妳卻出現了。」

「是的，」她說：「而當時你還比現在輕十五磅，也蒼白十倍，更沒精打采一千倍，而且個人衛生差到我幾乎無法與你共進晚餐。因爲我怕自己會染上痲瘋病。」

「妳可眞好心，」我說。

「我讓你獲得再生，」她說。「你是我的拉撒路。耶穌對拉撒路的一切行爲，就是使他獲得再生。我不止使你的生命重新走上軌道——我還讓你開始寫自傳。」

「那也是個大笑話吧，我想，」我說。

「像什麼的大笑話？」她說。

「像這個大廳一樣的大笑話，」我說。

「如果你給它們一半的機會，你就會發現這些圖片比你所有的圖畫還嚴肅二倍以上，」她說。

・・・

「這些都是妳從巴爾的摩帶來的嗎？」我說。

「不，」她說。「我上週在南漢普敦的古董展示會上遇到另一位收藏家，是她賣我這些圖片的。剛開始時我也不知該如何處置它們，於是就先把它們藏在地下室——在那一大堆耐久緞藍後面。」

「希望這些糞棕色的東西不是耐久緞藍，」我說。

「不，」她說。「只有白癡才會用耐久緞藍。現在你要我來告訴你這些畫的偉大之處嗎？」

「不用了，」我說。

「我已盡力去了解並尊重你的圖畫，」她說。「你爲什麼不也爲**我的**做相同的事？」

「妳了解『媚俗』這個字的意義嗎？」我說。

「我寫的一本書，書名就叫《媚俗》，」她說。

「我讀過，」莎萊斯說。「是有關一名女孩子，她的男友一直想辦法讓她覺得自己品味很差，而她也眞的品味很差——但這些都不是重點。」

「你不認為牆上這些坐在鞦韆上的女孩的圖畫是嚴肅的藝術品？」伯曼夫人冷笑著說。「試想當維多利亞人士看到這些圖會有什麼感想，他們一定會想這些天眞無邪的快樂小孩能有多少好日子可過呢？想必沒一會兒就會變得病懨懨又不快活的大多數吧——發酒狂、肺炎、出水痘、流產、粗暴的丈夫、窮苦、寡居、賣淫等——然後就是死亡，葬於墳場。」

門口出現了輪胎摩擦的聲音。「該走了，」她說。「也許你對眞正嚴肅的藝術無法忍受。也許從今以後你應該用後門出入。」

然後她就走了！

16

當法拉利引擎的咆哮在落日之中變成一片死寂不久後，廚子與她女兒告訴我她們也要離開。「這是兩週的提前通知，」她說。

眞令人大吃一驚！「爲什麼突然這麼決定？」我問。

「並不是突然決定的，」她說。「莎萊斯和我在伯曼女士來之前就打算要離開了。這裡**死氣沉沉**的，她讓事情變得生氣蓬勃，所以我才又留下來。但是我們一直告訴彼此：『如果她走，我們就走。』」

「我眞的很**需要**妳，」我說。「我要怎麼做才能挽留妳呢？」我的意思是：老天，她們已經有觀海房間，而莎萊斯的年輕同伴也都能在我的財產上自由出入了，而且只要她想吃，還無止盡地供應她零食。廚子則可以任意使用車子，而且我付給她的待遇已和電影明星相差無幾了。

「你應該記一下我的名字，」她說。

「到底是怎麼回事？我應該做什麼？」我說。

「每回我聽到你提起我，總是說『那個廚子』，我是有名有姓的人。我叫『愛麗森・懷特』。」她說。

「老天！」我以十分驚訝的語氣反駁說：「我當然知道。我每星期都是把支票開給這個名字的。我把名字寫錯了，還是怎麼了？難道是把妳的身分證字號填錯了？」

「你只有在那個時候才想到我。在伯曼女士來之前，而莎萊斯又還在上學的時候，就只剩我們兩人在家。我們每天在同一個屋簷下睡覺，你吃著我的食物——」

她突然閉口不說。我猜想，她一定希望自己抱怨夠了。現在我發現要她說出這些話其實是很困難的。

「然後呢？」我說。

「我這麼做實在太**傻**了。」她說。

「我不能斷定算不算太傻。」我說。

突然間，她冒出一句話：「我可不想嫁給你。」

老天！「誰**想**？」我說。

「如果我一定得和一個男人住在同一屋簷下，任何一個男人都一樣，我只是想當個普通的正常人，而不想被忽視或當成一件物品。」她馬上糾正剛才的話：「是**所有的人**，不是專指男人而已。」

這和我第一任妻子桃樂絲對我說的話簡直沒兩樣。她說我總是對她愛理不理，好像她不存在一般，好像我不知道她的名字似的，而後來廚子又提到的事，我也曾聽桃樂絲提過：

「我想你可能怕女人怕得要死，」她說。
「我也這麼認爲，」莎萊斯說。

・・・

「莎萊斯——」我說：「我們兩人關係一向不錯，不是嗎？」
「那是因爲你把我當笨蛋，」莎萊斯說。
「她年紀還輕，不容你威脅她，」她的母親說。
「所以，現在**每個人**都要離開這裡了，」我說。「保羅・史賴辛格到哪去了？」
「他在門外，」莎萊斯說。

・・・

我到底做了什麼要遭到這種報應？我只不過是到紐約待了一晚，給了伯曼寡婦足夠的時間重新佈置我的大廳而已。而現在，只剩下我孤立於被破壞了的生活中，而她卻到南漢普敦去和賈姬・甘迺迪舉杯同飲！

「天呀，」最後，我終於說句話了。「而且你還很討厭我這些名貴的收藏。」
她們的臉上稍露喜色，因爲，我想，我提起的是一個較男女關係更容易討論的話題。
「我並不討厭它們，」廚子說——不，是**愛麗森・懷特**說，**愛麗森・懷特**，**愛麗森・懷

特。這是一位相貌宜人，身材勻稱，有著美麗棕髮的迷人女士。我才是問題所在，我不是一個迷人的男士。

「只是那些畫對我是沒什麼**意義**，」她接著說：「我認爲一定是因爲我沒受過教育的關係。如果我上大學，也許終於可以體會它們的奧妙之處。我唯一欣賞的那一幅，被你賣掉了。」

「是指哪一幅？」我說。我眞的希望在這場惡夢中，至少還能有些許收穫：能知道自己賣掉的某幅畫作在這些凡夫俗子間很明顯地有某種力量，讓**他們**喜愛它。

「那一幅有兩個黑人小男孩和兩個白人小男孩的畫，」她說。

我掏空心思細想，是否家中有哪一幅畫被這名單純而富想像力的女士誤認爲是這個情景的。有哪一幅畫有兩個黑圈和兩個白圈呢？看來：似乎又是一幅羅斯可的作品。

後來我突然想起一幅我從來不認爲屬於自己收藏的一部分的作品，而是一件紀念品。那是丹・格瑞格利的作品！那是布斯・塔金頓一篇有關在中西部小鎮的黑街上邂逅的故事的雜誌插畫。故事發生的時間是前一世紀，兩名黑人與白人小孩大約是十歲左右。

那幅畫中，很明顯地，這些小孩正在猶豫是該互相結爲玩伴呢，還是該各自走上分開的道路。

故事中的黑人小孩有著十分有趣的名字：「何曼」與「摩曼」。我常聽人家說沒有人畫黑人小孩畫得比丹・格瑞格利高明的，但是他都是由照片中描摩出來的。在他對我說過的頭幾句話中，就曾說過：他的家中絕不准有黑人。

我當時認爲他說得對極了，有一小段時期，我認爲他所說的每一句話都對極了，希望以後能和他一樣。而不幸的是，我後來確實在某些方面和他十分相似。

・・・

我把那幅兩個黑人小孩與白人小孩的畫賣給德州盧巴克的一名房地產兼保險界的百萬富翁。他告訴我，他擁有最完整的丹・格瑞格利作品。就我所知，他最好的收藏，都在他爲那些作品所建的私人博物館中了。

他得知我曾是丹・格瑞格利的門生，於是來電問我是否有我的老師的作品，可以與他人共享。我只有那麼一張，而且已有數年之久沒看過它了。因爲那幅畫是掛在我許多客房中某一間的廁所裡，我當然沒有理由會走進去那裡而看到它。

「你把那一幅眞正有意義的畫賣了，」愛麗森・懷特說。「我以前常盯著那幅畫看，試著猜想後來發生的情節。」

・・・

噢，在愛麗森與她的女兒上樓回到那個具有無價的觀海景觀的僕人區時，她對我說的最後一句話是：「現在，我們滾到一邊去，」她說。「而且我們對於馬鈴薯倉裡究竟放了什麼再也不介意了。」

・・・

於是，我一個人孤零零地在樓下。我不敢上樓。我一點也不想待在屋裡，並且認眞考慮重新回到親愛的艾蒂斯第一任先生過世後，我在她面前所扮演的角色——一隻躲在馬鈴薯倉裡，半馴良的老浣熊。

於是，我到海灘上散步了幾個小時——一路走到沙家坡內再走回來，重回腦袋空空的隱士生活。

廚子**愛麗森・懷特**在餐桌上放了一張紙條說，我的晚餐在爐子裡。於是我就吃了它。我的胃口一向很好，我喝了幾杯酒，聽一些音樂。在我八年的職業軍旅生涯中，我學了一件在文明社會中十分管用的技術：如何在可能會收到壞消息的情形下，還能倒頭大睡。

我在半夜二點時因爲有人輕搔我的脖子而醒來。是塞西・伯曼。

「大家都要走了，」我說。「廚子給了我兩週的存證信函，她和莎萊斯要走了。」

「不，不，」她說。「我和她們談過了，她們都要留下來。」

「謝天謝地！」我說。「你怎麼**勸**她們的，她們一直都很討厭待在這裡。」

「我向她們保證我不會走，」她說：「所以，她們也都會留下來。你爲什麼不到床上睡？如果你整晚都待在下面，明天你可能會全身僵硬。」

「好吧，」我十分疲累地說。

「老媽出去跳舞，現在回來了，」她說。「上床睡吧，卡拉貝金安先生。天下太平了。」

「我再也見不到史賴辛格了，」我說。

「那有什麼關係？」她說。「他一向不喜歡你，而你也從來沒喜歡過他。難道你不知道嗎？」

17

那晚，我們好像訂了某種契約一般。好像我們很久以前就研商過契約的內容一般：她要這個，我要那個。

為著只有她自己才心知肚明的理由，伯曼寡婦決定留在這裡寫作，而不回巴爾的摩。而我則為著一個十分明顯的理由訂下這個無形的契約。因為我害怕，我希望有一個像她一般生氣蓬勃的人使我有一點活力。

而她所做的最大讓步是：她不再提起馬鈴薯倉。

．．．

再回到過去：

丹．格瑞格利在我們第一次見面時指定我為他的畫室繪製一張十分逼眞的作品後，他告訴我有一句十分重要的話，他希望我能好好牢記在心：「國王沒穿衣服。」

「讓我親耳聽你說，」他說：「說上幾次。」

於是，我照做了。「國王沒穿衣服，國王沒穿衣服，國王沒穿衣服。」

「你做得不錯，」他說：「很優秀，第一流。」他很讚賞地拍拍手。我該怎麼回應這一切呢？我覺得自己好像置身於愛麗絲的仙境一般。

「如果下回你聽到有人稱許所謂的『當代藝術』時，」他說：「我希望你能以同等堅定的語氣，把剛剛那句話大聲說出來。」

「好的，」我說。

「那些都是騙子、瘋子、下流的人的作品，」他說。「以目前有許多人眞把它當一回事的情形看來，更可以證明這個世界瘋了。我希望你同意我的說法。」

「我同意，我同意，」我說。這些在我聽來十分合情合理。

「墨索里尼也這麼認爲，」他說。「你是不是和我一樣崇拜墨索里尼呢？」

「是的，先生。」我說。

「如果墨索里尼接管國家，你知道他打算做的頭兩件事是什麼？」他說。

「不知道，先生。」

「他會把『當代美術館』放火燒了，然後再立法嚴禁『民主』一詞。接著他會再造一個足以描述我們本然面目的詞，讓我們正視眞實而且一直存在的自我，最後再用很有效率的方法實踐它。把工作做好，不然你就喝機油。」

大約一年後，我逮到一個機會問他，請教他到底認爲眞正的美國人是什麼樣子。他說：「被寵壞的孩子，祈求受到一些驚嚇刺激，但卻要老爹教他們怎麼去應付這些難題。」

・・・

「把每件東西依原樣畫出來，」他說。

「是的，先生，」我說。

他指著模糊的遠方一張火爐上的船隻模型剪報。「這個，我的孩子，正是『海上之王』，」他說：「只靠風力而不借重其他動力，卻比今天大多數的船跑得快！很了不起吧！」

「是的，先生，」我說。

「而當你把這條船畫進你那幅美麗的作品時，我們將得用放大鏡才能看到你的表現。每一條我指出的纜繩，我都希望你能告訴我它的名稱與作用。」

「是的，先生，」我說。

「畢卡索就不會這麼做，」他說。

「是的，先生，他不會，」我說。

他由槍架上拿起一枝一九〇六年的春田來福槍，那是當時美軍的基本配備。那裡還有一枝恩田來福槍，是英軍的基本配備，同時也是後來使他致命的槍隻之一。「當你把這一枝完美的致命機器放入畫中時，」他指的是春田來福槍，「我希望它寫實到我可以把它上膛，用來打跑盜匪。」他指著槍口旁的小穗子問我那是什麼。

「我不知道，先生，」我說。

「是刺刀架，」他說。他保證要把我的字彙增加三到四倍。而且就由每一件零件都有特殊名稱的來福槍開始。我們由每一個應召入伍的軍人都得學的簡單練習開始，到人體內所有的骨骼、肌肉、器官、腺體、血管的專有名詞，這些醫學系學生的必修字彙都列入學習的範圍。他說，這些也是他在莫斯科當學徒時的必修內容。

他確信在我學習簡單的槍隻到複雜的人體的過程中，我個人可以得到精神的研習。因爲來福槍正是用來摧毀人體的。

「何者代表正，何者代表邪——」他問我：「是來福槍還是人體這個臭皮囊？」

我告訴他來福槍是邪，而人體是正。

「但是，難道你不知道這枝來福槍正是設計來使美國人用以保衛家園，抵抗邪惡的敵人的嗎？」他說。

於是我又說了一大堆這得看我們討論的是誰的身體以及誰的槍隻，所以兩者都有可能有正邪兩面。

「那麼是由誰來做最後的決定呢？」他說。

「是上帝嗎？」我說。

「我是指在**人間**，」他說。

「我不知道，」我說。

「是畫家——說故事的人。包括詩人、劇作家和史家，」他說。「他們是正邪最高法院的法官。我正身爲其中一員，而你有一天也可能會有機會。」

這是道德至上的一大誑語！

是的，現在我是這麼覺得：在許多拋頭顱灑熱血的事件因一些荒誕的歷史教訓發生後，也許，抽象表現派畫家值得推崇的原因就在於他們拒絕爲這種法庭服務。

・・・

丹・格瑞格利一直把我留在身邊約三年之久，一方面因爲我十分卑躬屈膝，一方面是因爲他需要人作伴。他那些有名的朋友早就因他對政治爭議的無幽默與暴怒而和他疏離了。當我在頭一天告訴格瑞格利我在樓梯頂上聽見費爾德的聲音時，他回答我說費爾德、喬森，以及其他在那天吃喝過他的酒食的那些人，從此不再受到這間屋子的歡迎。

「他們就是不懂，而且也永遠不會了解的，」他說。

「是的，先生，他們不會，」我說。

於是他改變話題談瑪莉莉。他說她既笨拙，又喝醉了，所以由樓階上跌下樓去。我認爲他在當時眞心如此認爲。因爲我正站在樓頂上，他應該可以輕易地指出她跌落前所站的位置。但他並沒有。他只輕描淡寫地說她從**某處**跌下樓。至於在哪裡，又有什麼差別？

當他再次談起瑪莉莉時，並沒有再提起她的名字。她只是變成「女人」而已。「女人永遠不怪自己，」他說：「不管她們爲自己帶來了什麼麻煩，她們都會不停地去找個男人來責備，不是嗎?」

「是的，」我說。

「只有一種事她們會全盤接納，那就是有關她個人的事，」他說。「你有時根本不是在談她們，甚至連她們就在同一個房裡都不知道，但是她們卻認爲你所說的全是針對她們。你注意到這件事沒有?」

「注意到了，先生，」我說。彷彿我一直都注意到這件事，而今日更經他提起而豁然開朗。

「她們還常常以爲她們比你更清楚你的所作所爲，」他說。「如果你不把她們丟出去，她們就會把每一件事都弄得一團糟!她們有她們的工作，我們也有我們的。我們從來不打算插手她們的事，她們卻一有機會就進來搗亂。你想不想聽一點勸告?」

「想，先生，」我說。

「千萬別沾上想當男人的女人，」他說。「那表示她永遠不會去做一名女子應該做的事——這會導致你必須同時做男人與女人得做的事。你懂我的意思嗎?」

「我懂，先生，」我說。

他認爲所有的女人都不能在藝術界、科學界、政治界及工業界展露頭角，因爲她們本分的工作是在家中生孩子、支持丈夫並且操持家務。他要我驗證這句話的眞實性，問我是否能指出十名除了在家務外還在其他領域有一些成就的女子。

我想，現在我有辦法列出十個名字了。但在當時，我只想得出聖女貞德而已。

「聖女貞德，」他說：「是個陰陽人。」

18

我不知道應該把下面的這段插曲放在我的故事中的哪一部分，也許它根本不適合放入任何一部分。這件事當然只是抽象表現主義歷史上所能想到的，最微不足道的小註腳而已。註腳如下：

那名很吝於給我在紐約市的第一頓晚餐，又不斷追問我：「然後呢？然後呢？」的廚子，在我到達兩週後死亡。她被發現醉死在龜灣化學公司，兩條街外的一家藥店門口。

重點是：葬儀社的人發現，她不只是一名女子，也不只是一名男子。她是二者兼而有之。她是一名雙性人。

更不值一提的是，她的廚師位子不久立即被吳山姆，那名洗衣工所取代。

・・・

瑪莉莉在我到達後兩天，坐在輪椅上由醫院返家。丹・格瑞格利並沒有下樓迎接她。我甚至認爲連房子起火他也不會停下手邊的畫作。他正像我致力於牛仔靴的父親，專心於噴槍的泰瑞・奇峻，以及在地板上的帆布滴畫的帕洛克一般：當他們致力於藝術創作時，全世界都被拋到腦後去了。

而在戰後的我也變成那個模樣，這因此也使得我的第一次婚姻以及我立志當一名好父親的決心遭到摧毀。我在戰後無法重新適應文明生活，後來我發現有一件事和打海洛英一樣具威力而沒負擔：一旦我開始在帆布上畫上一種顏色，我就可以把全世界都拋到腦後。

・・・

而格瑞格利每天投身於工作超過十二小時，在我而言，就表示我這名學徒的日子很好混。他並沒有需要我做的事，而且並不想浪費時間開發新工作給我做。他曾叫我畫一幅他的畫室的寫實畫，但是一旦他自己開始作畫，我想他早就把它忘得一乾二淨了。

・・・

那麼，我是否曾爲他的畫室畫過一張和照片一模一樣的圖呢？是的，我畫了，是的，我畫了。

但是我是唯一關心過我自己是否曾**嘗試**創造這項奇蹟的人。我對他而言根本不值得關注，我在他心目中，和天才，和格瑞格利之於比司庫尼可夫，簡直不可等同視之，更不是他的威脅或是兒子，或是其他東西。我可能只像一個由他交待晚餐該準備什麼的廚子而已。

做什麼？做什麼？做烤牛肉！作一幅畫室的畫！誰管你？做花椰菜！

好吧，我一定要讓**他**大吃一驚。

而我這麼做了。

・・・

於是我求助於他的助手，第一次世界大戰的飛行員富萊德・瓊斯，請他想一些事讓我做。富萊德於是要我去當信差，而這卻使他所用過的信差受到很大的打擊。當那個極需一份工作、什麼工作都做的人，看到富萊德把一堆代幣和紐約市地鐵路線圖給我後，他就知道自己沒工作可做了。

他還交給我另一項工作，要我爲格瑞格利畫室中值錢的東西編目。

「這樣不會打擾到格瑞格利先生作畫嗎？」我說。

於是他告訴我：「你可以邊唱著國歌遠遠望著他，他也不會注意到你的存在。只要別擋住他的視線和手就行了。」

・・・

所以當瑪莉莉回家時，我正與格瑞格利同在畫室之中，相距僅數呎，清點著他豐富的刺刀收藏品。我至今還對那些槍緣上的刺刀尖記憶猶新。其中有一柄就像削尖的窗簾棒一般。另一柄是呈交叉三角形，因此它所造成的傷口將不會在拉出來時使血液及肚腸流出來。另一枝則有鋸齒，我猜想這樣才能直搗骨髓。我至今還記得當時曾想過戰爭實在可怕，而且十分慶幸不再有人受浪漫的小說、圖畫或歷史的愚弄而走向戰場。

當然，現在你很容易就能爲你的小孩在附近的玩具店買到一枝上了塑膠刺刀的機關槍。

．．．

瑪莉莉回家的聲音由樓下飄浮上樓。我，這個欠她一堆人情的人，並沒有衝下樓去迎接她。我想廚子和我第一任妻子說得對，我確實很怕女人——也許，正如塞西．伯曼今天吃早餐時提到的，我認爲我的母親不講信用，因爲她拋下我一個人走了。

也許吧！

總之，瑪莉莉得請人去叫我過去，而我則表現得十分疏離而客套。我並不知道她差點因她寄給我的畫材而被格瑞格利殺了。但即使我當時知道，我可能還是會表現得很客套。當然，使我無法流露情感的原因之一，是我一直覺得自己平凡、無力而青澀。我對她毫無價值，因爲她長得和瑪德蓮．卡羅，那個最美的電影明星一樣漂亮。

她對我也是冷淡而疏遠，我必須這麼說，是客套中的客套。可能是基於這個原因吧：她希望我、富萊德、格瑞格利、雙性人廚子，以及所有人都明白，她可不是導致我由西岸被大老遠帶來東岸愚弄的主因。

如果我能用時光機讓時光倒流到當時，我希望自己能有那份幸運告訴她：

「在第二次大戰後我們在佛羅倫斯重逢時，妳會依然美麗如昔，但會比現在聰明好幾倍。妳所經歷的，將是一場多麼可怕的戰役呀！」

「你和瓊斯及格瑞格利都將移師義大利，而他們兩人都將喪身埃及希地巴拉尼戰役。你將在當時贏得墨索里尼的文化部長——布魯諾，同時也是受教於牛津的伯當馬吉歐爵士、義大利的大地主之一的青睞。他同時也一直都是戰時英國派駐義大利的間諜組織首腦。」

・・・

附帶一提，當我於戰後在佛羅倫斯與她重逢時，她拿出一幅佛羅倫斯市長送她的畫。那幅畫描述的正是戰爭快結束時，她的先夫被法西斯軍隊放火焚身的一幕。

那幅畫正是格瑞格利以前一直製作的那種商業媚俗之作，也是我以前、甚至到今天都還保有的作畫能力。

・・・

重回一九三三年，當時瑪莉莉對她所處的環境的感覺，再加上大蕭條的波瀾助興，我想就如我們曾在一次對話中談到易卜生的《傀儡家庭》中的角色一般。因爲當時有一本由格瑞格利畫插畫的讀者用劇本才剛出版，所以我和瑪莉莉都讀過，並在事後互相討論。

格瑞格利強有力的插畫在劇終繪出女主角諾拉衝出她華麗的家園，拋下她中產階級的先生、孩子和僕人，宣佈她要在眞實世界中找尋自我認同，才能再回來當一名堅強的母親與妻子。

・・・

這正是故事的**結尾**。諾拉不願自己被當成一名無知無助的孩子般任人擺佈。

而瑪莉莉告訴我：「就我而言，這幕戲在此刻才**上演**。我們永遠都不知道她到底怎麼生存下來，在當時，一名女子能找到什麼樣的工作？諾拉並未受過任何教育或技術的訓練。她甚至沒錢吃飯也沒地方可住。」

・・・

當然，這也正是瑪莉莉當時的處境。不管格瑞格利對她多麼惡劣，但在格瑞格利華麗舒適的華屋之外，也只有飢餓與羞辱在門外等著她而已。

幾天之後，她告訴我她解答了這個問題：「那個結局是**假**的！」她說，表情十分開心。「易卜生故意把結局切在那裡使觀眾能**心滿意足**地回家。他沒有勇氣把眞正發生的情形告訴觀眾，把整部戲其他部分不斷提示的結果演出來。」

「什麼結果？」我說。

「她得**自殺**！」瑪莉莉說。「而且，我是指**馬上**自殺——在落幕之前被街車撞死什麼的。**這才是**那部戲的結尾。沒有人看到，但**這才是**結尾。」

・・・

我有幾位朋友自殺，但我從來不曾洞見像瑪莉莉在易卜生的劇中所察覺到的那種自殺的必要性。而我的無法察覺也許正是我在嚴肅藝術上無法有更深一層發展的原因吧。

我只把他們當成一些自殺的畫家朋友而已，而這些人都在生前或死後不久即享有盛名。阿謝・高爾基（Arshile Gorky）在一九四八年上吊。帕洛克則在一九五六年酒醉駕車，在沙漠路旁撞樹而死。那也正是我第一任妻子與兒子們棄我而去之時。三星期之後，泰瑞・奇峻用手槍朝上顎開槍自盡。

當我們三人都還住在紐約市時，泰瑞・奇峻、帕洛克和我都酷好杯中物，我們三人在西達小館就被稱爲是「那三名步槍兵」。

在這裡提一個小問題：三名步槍兵中，如今幾人倖存？答案：只剩我一人。

而羅斯可，那名在藥箱中的安眠藥量足以使一頭大象致命的人，在一九七〇年用刀刺死自己。

而我由這些對永久不滿的強烈表達中學會了什麼？只學會了：有些人，他們比其他人，我和瑪莉莉當然屬於那些「其他人」，更不容易滿於現狀。

瑪莉莉曾對《傀儡家庭》中的諾拉下過如下的評語：「她應該待在家裡，儘量把事情弄到她滿意。」

19

信仰，幾乎可以說是宇宙的全部。不管是基於眞理或是非眞理。我當時相信，男人的精液如果沒有射出來，必定能在體內再度轉化，使男人充滿運動活力、和善、勇敢及創造力。丹·格瑞格利對此深信不疑，我的父親、美國軍人、美國童子軍，以及海明威也都奉此爲圭臬。因此，我開始營造一些與瑪莉莉交歡的綺想，表現出我們好像在追求什麼似的，一切只能製造更多的有益化學物質。

我常把腳拖在地毯上走一陣子，然後再在瑪莉莉沒有預期的情形下，用指尖碰她一下，使她被我身上的靜電電到——碰她的頸背、臉頰或手。這一段拍成色情片效果不錯吧。

我還要她和我一起躡手躡腳的做一些如果被格瑞格利發現會令他氣結的事。像是去逛逛當代藝術博物館這類的事。

但瑪莉莉當然不會把我們的男女關係提升到超越玩伴與搗蛋鬼的層面之上。不止是因爲她愛格瑞格利，同時也因爲他使我們兩人在經濟大蕭條的世風之下，依然過著如意的日子。這才是最重要的。

但同時，我們兩個正無知地把彼此暴露在一個我們無法抗拒的誘惑大師之前，而當我們發覺時，一切已經太遲了，我們兩人早已深陷其中而無法自拔。

你想猜猜看是什麼人或物導致這個結果嗎？

是當代藝術博物館。

．．．

那個有關沒被利用的精液可轉換成強大維他命的理論，似乎十分適用於我的表現。身爲格瑞格利的跑腿，我漸漸變得如街鼠一般機伶狡猾，把曼哈頓島上的大街小巷摸得一清二楚。我的字彙已增加了三倍，把各式各樣器官與器物的重要部位都記起來。而我最令人震驚的成果則是：我在六個月內就完成了一幅逼眞的格瑞格利畫室圖畫。骨是骨、毛是毛、髮是髮、塵是塵、碳是碳、羊毛是羊毛、棉是棉、核桃是核桃、橡木是橡木、馬革是馬革、牛皮是牛皮、鐵是鐵、鋼是鋼，舊的還是舊的，新的還是新的。一切都栩栩如生。

沒錯，在我的畫中，就連由天窗上滴下來的水都會是你所見過最潮濕的水：如果你用放大鏡看，每一個水滴都可以看到整個混蛋畫室！不錯吧！不錯吧！

．．．

不知道我從哪裡來的想法，也許是智慧形成的吧，我忽然覺得：世界上從古到今所信奉的那套精液理論，也許正激發愛因斯坦想出那十分相似的公式：「$E=MC^2$（能量等於質量乘速度的平方）」？

・・・

「不錯，不錯，」丹・格瑞格利望著我的畫說。我認爲他當時的心情必定如魯賓遜發現小島不再只屬於一個人一般。因爲現在有**我**和他對抗。

但是後來他卻說：「不過，**不錯**的另一個意思就是**有點失望**或是更糟一點，對不對？」

在我還沒來得及回答時，他已把那幅畫投入上面有骷髏頭的火爐裡那些熊熊烈火之上。六個月的辛苦耕耘轉眼已成灰燼。

我在極度驚訝之下，勉強問道：「怎麼了？」

「沒有**靈魂**，」他從容不迫地回答我。

於是，我開始生活於新的皇家鑄造師比司庫尼可夫手下了！

・・・

我知道他抱怨的是什麼，而這樣的抱怨出自於他口中並不好笑。他的圖畫裡處處展現出他的愛、恨以及中庸立場，使這些情感至今都還生動活潑地躍然紙上。如果我到德州盧巴克那個永久展示格瑞格利許多作品的私人博物館一遊，那些畫作對我而言，將會像是丹・格瑞格利的立體攝影一般。我會伸手去摸，但是怎麼看都會出現立體的丹・格瑞格利。他是活生生的！

但是，如果是我死了，老天保佑，如果有位魔術師能把我的每一幅畫變回來，由第一幅被格瑞格利燒毀的，到最後一幅我很願意自行銷毀的作品全包括在內，而如又有機會能使我的畫全懸掛在一個圓形大廳而使畫中的精神都集中在一個焦點，再請我的母親以及那些曾誓言愛我的女人，包括瑪莉莉、桃樂絲與艾蒂斯，外加我唯一的好友泰瑞．奇峻共聚一堂，站在焦點中數小時之久，除非出於意外，他們之中也絕不會有任何一個人因此而想起我。在那焦點之中，不會有一絲與他們分離的拉伯．卡拉貝金安的影子，也不會有任何靈魂神韻在那裡。

好一個實驗！

・・・

噢，我知道：我曾在前面說過格瑞格利作品的壞話，說他只是個剝製師，說他的畫所描寫的只是生命河流中的一小段等等。但他確實是比我所期望自己達到的水準還高明的畫家。只能說，沒有人能把塡充玩具眼中興奮的一瞬間，表現得比格瑞格利還高明。

・・・

塞西．伯曼剛剛問我，如何分辨一幅畫的好壞。

我告訴她，對於這個問題，我所聽到最好的答案，雖然不是最完美的答案，是來自一位和我年紀相仿、在附近避暑的畫家西德．所羅門。我是在大約十五年前的一場雞尾酒會中無意間聽他對一名美麗的女士提到的。她非常天眞而熱心，當然希望由他那裡學得一些藝術的知識。

「如何分辨一幅畫的好壞？」他說。他是一名匈牙利馴馬師之子，長了十分可愛的八字鬍。

「親愛的，你只要看過一百萬幅作品後，」他說：「你就一定能分辨。」

這是眞的，是眞的！

‧‧‧

再回到現在：

我必須稍微提一下昨天下午發生的事，因爲這是在我的大廳重新「裝潢」（套句裝潢師的話說）以後，第一次有訪客來參觀我的收藏。一名州政府人員帶了三名俄國人，一名來自愛沙尼亞的塔林，這正是伯曼女士的先祖所在的地方，當然是指離開伊甸園以後。其他兩名則來自莫斯科，丹．格瑞格利的老家。人生何處不相逢。他們不會說英文，但是他們的嚮導倒十分稱職。

他們對大廳的裝潢未下任何評語，可見和其他由蘇聯來的客人形成強烈對比，證實他們的深度以及對抽象表現主義的欣賞。但是，在他們離去時，還是問我爲什麼在大廳掛起這堆垃圾。

於是我搬出伯曼女士那套痛苦正等待著孩子的大道理，差點使他們感動落淚。他們感到非常尷尬。他們爲他們對石板畫眞實重要性的不了解致歉。經過我的一番解釋，他們毫無異議地同意這些畫是這屋子裡最重要的作品，接著，他們一幅又一幅慢慢瀏覽，想像每一名女孩即將遭遇的痛苦。大多數的猜想都沒有譯成英語，但我想他們大約是預測癌症、戰爭等事情。

我大受歡迎，被一再擁抱。從來沒有一名訪客這麼熱情地向我道別！通常，他們幾乎都不知道該說什麼。

然後他們在車道上對我說了一些話，和氣地微笑並搖頭。於是我問州政府的人他們說了些什麼，而他的翻譯是：「別再打仗了，別再打仗了！」

20

再回到從前：

當丹．格瑞格利燒掉我的畫時，我爲什麼沒有像他對待比司庫尼可夫一般地對待他？我爲什麼沒有譏笑他，然後大搖大擺地走出去另謀出路？因爲在當時我對商業藝術界已多少有一點了解了，我知道像我這種人一塊錢可以找到一打，每一個都快餓死了。

再想想我因此會失去的：一間自己的房屋，一天三餐結結實實的，可以當一名跑遍全城的快樂跑腿，以及一大堆可以和美麗的瑪莉莉一起玩樂的時光。

如果我讓自己的自尊影響我的快樂，那才傻呢！

．．．

自從雙性人廚子死後，吳山姆，那名洗衣工，因緣湊巧地去要求這份工作，而且也得到許可。他是一名優秀的廚師。不管是道地的美國菜或是中國精點，他都很拿手。格瑞格利也還一直用他當江洋大盜傳滿洲的模特兒。

．．．

再回到現代：

塞西．伯曼在今天午餐時建議我應重拾畫筆，因爲我以前曾因此而獲得許多歡樂。

我親愛的艾蒂斯也曾向我提過相同的建議，而我把當初告訴艾蒂斯的話告訴伯曼：「我好不容易才不把自己當一回事的。」

伯曼問我，當我還是一名專業畫家時，什麼事最使我快樂——第一次辦個展，賣畫賺了錢，同好之間的情誼，被批評家稱許，還是什麼其他的？

「我以前常常提起這件事，」我說。「我最開心的是，我們當初一致同意，如果我們每個人都被放在單獨的火箭裡，跟著畫材一起射向不同的外太空，我們都還能保有我們對畫最喜愛的一部分，那就是：作畫。」

我反問她當作家的最高點是什麼——得到好書評，大有進展，把書賣給電影公司，發現有人讀你的作品，還是什麼其他的事？

他說，她也可以在外太空中找到快樂。只要有一本已經校對好的稿件，再加上幾名出版社的人就行了。

「我不懂，」我說。

「我最興奮的時刻，」她說：「就是當我把稿子交給出版商，告訴他說：『吶！我完工了。我再也不要見到它了。』的時刻。」

・・・

再回到過去：

瑪莉莉並不是唯一一個陷身於和未爆發前的《傀儡家庭》中的諾拉同樣處境的人，我就是另一個例子。後來我發現：瓊斯又是另一個。他看來似乎是夠帥、夠莊嚴，也夠光榮能身爲偉大藝術家丹・格瑞格利在各方面的助手——但是，他還是另一個諾拉。

自從他在第一次大戰時被發現具有駕駛裝設機關槍的舊飛機的天分後，日子一直過得不好。我想當他頭一次把手放在駕駛桿的感覺，一定和泰瑞・奇峻拿到噴槍時一樣。而當他對著遠方的藍天發射機關槍而發現有一架飛機在他眼前起煙著火——在他腳底墜落燃燒一如烈日時，必定又再次體會泰瑞・奇峻的快感。

多美呀！完全出於意料之外，而且那麼純潔！又那麼容易到手！

瓊斯有一回告訴我，那一條由墜落的飛機與觀察汽球所造成的濃煙是他所見過最美的景物。現在，我再把他當時見到的弧線、螺旋型以及污點的快感，和帕洛克靜觀顏料任意滴落在畫室地板上的興奮相提並論。

那是同一種快感！

唯一的差別在於：帕洛克的快感中沒有人類最偉大的取悅方式來取悅他：那就是犧牲。

・・・

有關瓊斯，我想的重點是：他在飛行部找到一個家，正如同我在機械部找到一個家一般。但他卻以同樣的理由被踢出軍隊：他在某個地方失去了一隻眼睛。

因此，如果我能乘時光機重回大蕭條時期，我希望能告訴年幼的我一些駭人聽聞的計畫說：「喂，你，你這自以為是的亞美尼亞小孩，你以為瓊斯的樣子可笑又可悲嗎？那也正是你未來的下場：一名獨眼的老兵，怕女人又沒有天分過文明生活的人。」

當時的我時常想著獨眼是什麼滋味，而用手遮住一隻眼睛體會。世界並未因我遮住一隻眼而有太大的變化。如同今日我也不認為一隻眼是一種特別嚴重的殘障。

塞西・伯曼在我們認識不到一小時後就問我獨眼的感受。她是那種會在任何時刻問任何人任何事的人。

「沒什麼大不了的，」我告訴她。

・・・

我現在想起丹・格瑞格利，而深感他正如費爾德所形容的，是一名矮種印第安人，而有瑪莉莉與瓊斯讓他頤指氣使。我認為他們兩人必定會是格瑞格利的一個有關羅馬帝國故事的插畫中，一對被囚禁成奴的金髮碧眼德國人最適切的模特兒。

奇怪的是，格瑞格利在大眾面前的囚奴是瓊斯而不是瑪莉莉。他總是帶著瓊斯參加宴會，到維吉尼亞獵狐狸，或乘坐「**阿拉拉**」遊艇遨遊。

除了明白聲明他們兩人是男人與男人的關係，絕不是同性戀外，我不想再爲他們的情形做過度的說明。

不管怎麼說，格瑞格利雖然會回頭盯看瑪莉莉兩、三回，但他確實不在意我和瑪莉莉兩人在曼哈頓漫步。而一般人也會覺得奇怪，像我這樣的一名男子，明顯地和她並不具親戚關係，竟會贏得如此美人相伴。

「大家都以爲我們戀愛了，」有一回散步時我告訴她。

而她卻回答：「他們說對了。」

「你知道我的意思的，」我說。

「你到底認爲什麼是愛呢？」她說。

「我想我也不是很清楚，」我說。

「你懂得其中最美好的部分——」她說：「像這樣四處走走，覺得每一件事都很美好。如果你錯過了其他的部分，我也不會爲你覺得遺憾的。」

於是，我們大約是第五十次到當代藝術博物館去了。我已在格瑞格利手下三年左右，年紀也將屆滿二十歲。我不再是一名初出茅廬的藝術家，而是一名藝術家手下的**員工**，而且很幸運地有點工作可做。當時有一大堆人願意做任何工作，一心等待經濟大蕭條的終結，而使眞正的生活能再度出現。但是，當時我們還得再等待另一次世界大戰的結束，才能再度享有眞正的生活。

我能不喜歡這樣嗎？我們現在過的，可是眞正的生活喲！

・・・

但是，當一九三六年丹・格瑞格利逮到我和瑪莉莉一同由當代藝術博物館走出來時，我們的生命可眞的和在地獄沒兩樣了。

21

丹・格瑞格利是聖派翠克節遊行在離當代博物館半條街前的第五街北方如火如荼地進行時逮到我們的。遊行使得格瑞格利的那一部科德敞篷車，美國有史以來所製造過最美的交通工具因塞車而停在現代藝術博物館前。那是一部有著上等軟毛與兩個座位的座車，由第一次世界大戰的飛行員富萊德・瓊斯所駕駛。

瓊斯到底怎麼使用他的精液，我一直無法查出來。但我想他必定也和我一樣，把它保存起來。從他坐在那輛高貴車輛的駕駛座上可以看出來那種忍住精液的樣子。去他的瓊斯，他在被打死在埃及之前，還有一陣好日子可過，而我，卻得在不管是否準備好的情況下，被丟到大街上過現實生活，自力求生。

那天，每個人都穿著某種綠色的衣服！即使是黑人、東方人或猶太人，都爲了不想冒犯羅馬天主教的愛爾蘭人而穿著多少帶點綠色的衣服。瑪莉莉、格瑞格利、我以及瓊斯都穿了帶綠的衣服。甚至連遠在格瑞格利廚房裡的吳山姆，也穿著帶綠的衣服。

格瑞格利用發抖的手指生氣地指責我說；「讓我逮到了吧！」他大叫：「在那裡別動，我要和你們說話。」

他爬出車門，推擠著眼前的人潮來到我們的面前，雙腿張開，雙手握成拳頭。他經常毆打瑪莉莉，但是他當然從來沒有打過我。很奇怪，從來沒有人打過我。**從來**沒有過。

瑪莉莉和我當時正因慾念而感到興奮：年輕的相對於年老的，富而有權的相對於富肢體吸引力的，並且還因偷得禁忌的時光而興奮——但是，格瑞格利滿口所提的，卻是感恩、忠貞與當代藝術。

在那個博物館所展示的藝術品都屬於十分現代的作品，大約都完成於第一次世界大戰之前，也就是我和瑪莉莉出生之前的畫作。但當時的風氣，對於接受新畫風的反應很慢，如今日不可同日而語。當然，時至今日，**每一種**創新立刻都被人以經典之作來慶賀。

・・・

「你們這兩個寄生蟲，忘恩負義的人！被寵壞的孩子！」丹・格瑞格利咆哮著。「你親愛的爸爸只要求過你一件事，要你表現你的忠貞，要你『千萬別到當代藝術博物館。』」

我懷疑那些聽他這麼說的人中，一定有許多人甚至不知道我們是站在一座博物館前。他們可能以爲格瑞格利是在一家旅社或出租公寓前逮到我們——那種能爲情侶提供床鋪的地方。而如果他們僅照他所說的字面意義去了解，而把他自稱爲「爸爸」的話當眞，他們一定會斷定他是**我的**父親而不是她的，因爲我們的長相有許多相似之處。

「這是具有**象徵意義**的，」他說。「你們難道不了解嗎？這是一種讓你們表達你們站在我這邊，而不是他們那邊。我並不怕你們去看那堆垃圾。你們是和我同一夥的，而且以此為傲。」他的聲音完全哽咽了。他搖著頭。「那正是我對你們下這個簡單、中肯、而且易於遵守的要求的原因，要你們：『千萬別進當代藝術博物館。』」

．．．

瑪莉莉和我被這突如其來的相遇嚇呆了，甚至還繼續牽著彼此的手。我們一向焦不離孟地牽著手溜出來。而且我們當時可能還是握著手，就像孟、焦一般。

直到現在我才發覺，丹．格瑞格利逮著我們時，我們才剛剛約好當天下午準備交歡。我現在認為，當時的我們已完全失去控制了，不管是否遇見丹．格瑞格利，我們那天下午都還是會照原定計畫做愛的。以前，每回當我提起這個故事，我都會強調，若不曾巧遇格瑞格利，交歡便不會發生。

事實並非如此。

．．．

「我才不管你看的是哪一幅畫，」他說。「我只是要你們千萬別去尊重那些瘋子、下流胚子或騙子所畫的污點、水滴及一點一劃而把它們當成是我們應該去推崇的珍寶而已。」

在重組他在多年前所說過的話時，我對像他這樣在氣頭上的男子還能十分留意他們的措詞而感動。他們不太會使用一些冒犯女人與小孩的話，像「**媽的**」或是「**放屁**」之類的粗話。

塞西・伯曼則認爲能把一些以前是禁忌的詞語用在今日的日常對話上是一件好事。因爲女子和小孩可因此而自由談論他們的身體而不會感到羞愧，這更能使他們懂得如何以理性與智慧善待自己。

我對她說：「也許是吧。但是你不覺得這種毫不含蓄的言語同時也造成了修辭藝術的崩解嗎？」我提醒她廚子的女兒習慣把所有她因各種原因而不喜歡的人都叫做「屁眼」。我說：「我從來沒聽莎萊斯解釋過，爲什麼她說的那個人會和這種直腸肛門的學問扯上關係。」

・・・

「在所有會對我造成傷害的手段中，」格瑞格利繼續以他那一口英國腔說：「就數這個方法最殘酷。我待你如子，」他指著我說，「而待你如女兒，」他對著瑪莉莉說，「但這卻是我得到的回報。我並不是因爲你們走進那裡而覺得受到侮辱，不是的，而是因爲你們出來時所洋溢的**愉悅**。那種歡愉對我以及任何一名認眞執筆爲畫的人，是多大的嘲諷呀！」

他說他要讓瓊斯載他到他的**阿拉拉山號**停放的城市島。他將待在那條停放在陸上停船位的船上一直住到瓊斯確定我們都離開他位於四十八街的家中，而且沒留下半點痕跡爲止。

「滾吧！」他說。「你們這些垃圾滾吧！」這名寫實大師所做的，是一件多麼超寫實的事呀！他竟然打算住在停放在陸地上、高達八十呎的遊艇內。他得靠樓梯上下船，而且還得用停船場的公廁和電話呢！

再想想他的畫室，又是另一個詭異的建築。是以無數的金錢與努力堆成的幻想之作。

而他最後甚至還讓他和他唯一的朋友穿著義大利軍服遇害。

每一件與格瑞格利相關的事，除了他的畫以外，都比最先進徹底的當代藝術更偏離現實與常規！

・・・

最新消息：塞西・伯曼在經過仔細盤問後發現，我根本沒有完整地讀完過一部保羅・史賴辛格，我的前任好友的作品。

而她，則在搬進來之後全讀過了。因爲我**擁有**史賴辛格所有的作品，並且都有他的親筆簽名作爲我們多年友誼的明證，它們全部在我的書房中占有一個榮譽的角落。我讀過這些書大部分的書評，對他們的一般評價有大致的了解。

我想保羅在這方面對我十分諒解，雖然我們從未明講。在我知道他的生活多麼地隨意後，很難讓我嚴肅地看待他的作品。我如何能認眞地去探求他發表出來對有關愛、恨、天人之間，以及因果報應或其他嚴肅事物的意見？就感恩圖報的立場而言：我也沒欠他什麼。他從來也不把我當畫家或收藏家看待，況且，這也並不是他的義務。

那麼，我們之間到底靠什麼維繫呢？

是靠第二次世界大戰所形成的深刻寂寞與巨創來維繫的。

・・・

塞西・伯曼已打破她對封住的馬鈴薯倉的沉默。她在圖書館中發現一本出版僅三年，但裝訂脫落，而內頁不僅散落還印滿手印的大型圖畫書。書中完整繪出第二次世界大戰各級陸海空三軍的各式制服。她問我這和倉內的東西有沒有任何關係。

「也許有，也許沒有，」我說。

但是！讓我告訴你一個祕密：確實有關。有關。

・・・

於是，瑪莉莉和我垂頭喪氣地，像個挨打的孩子由現代藝術博物館走回家。但我們偶爾也開懷大笑，笑倒在彼此的臂彎中。因此，我們一路上是處在彼此興奮、而瘋狂地喜歡對方的情形下走回家的。

我們在第三街停下來看酒吧前兩名白人的鬥毆。他們兩人都沒有穿綠色的衣服，他們以一種我們聽不懂的語言咆哮著。他們可能是馬其頓人、西班牙附近的巴斯克人，或是荷蘭北方人，或是其他類似的民族。

瑪莉莉走路有一點向左顛跛，那是她被一名亞美尼亞人推下樓後所造成的永久後遺症。但另一名亞美尼亞人則正撫摸著她，梳弄著她的髮，並且因她而完成一回足以擊碎椰子殼的性亢奮。我喜歡把我們當成一對夫妻。生活的本質是神聖的。想像我們一同住在伊甸園中，為了對方赴湯蹈火，在所不辭。

我不知道我們為什麼會笑得那麼多，那麼開心。

再說一次，我們當時的年齡：我已年屆二十，而他是二十九歲。那名即將戴綠帽子的男子則是五十三歲，回想起來，只剩下七年的歲月度餘生。想想看，只剩下七年好活而已！

・・・

也許瑪莉莉和我會那麼開心，是因為我們正打算做除了吃喝拉撒睡以外，我們的肉體在人世間應做的事。這個舉動並沒有任何報復、挑釁，或褻瀆的意味。我們並不是在她與格瑞格利的床上，也不是在隔壁的瓊斯房內，或是在一塵不染的法皇客房或畫室中做愛。甚至不是在我的床上。其實當時整個房子只有傅滿洲一個人在地下室裡，我們可以在任何一個除了地下室外的房間翻雲覆雨。我們的純交媾可以以抽象表現主義視之，因為這個事件除了它本然的存在外，並不具其他含意。

是的，我現在想起畫家吉姆・布魯克斯告訴我的，有關他以及所有其他抽象表現主義者如何作畫的經過：「我塗上第一筆，自此以後，畫布會自行完成至少一半的畫入作。」如果第一筆著墨成功的話，畫布便會暗示，甚至要求他下一步該做什麼。就瑪莉莉以及我當時的情形而言，那個第一筆彷彿是我們一進前門的那個吻，是又濕又熱的一大筆畫。

又在談畫了！眞是的。

．．．

那塊瑪莉莉和我的畫布，向我們暗示了更多濕熱的吻，接著又要我們彼此耳鬢廝磨地舞動著探戈步上螺旋梯，再經過大飯廳。我們打翻了一張椅子，但又立刻把它扶正。那塊畫布不僅引導了半幅畫，而且引導了**全幅**，把我們送往餐具間，再送進約八呎見方的備用儲藏室。裡面只有一張壞掉的沙發，想必是前一位屋主留下來的。房裡只有一扇朝北的小窗，可以眺望到後院枯樹的樹梢。

接著，我們就不再需要畫布的指引來完成一幅傑作。而我們也嚇到了。

．．．

同樣地，我也不需要一名經驗比我豐富的女人來引導我，告訴我我們該怎麼做。

就那樣一次、一次又一次。

這個經驗眞是**回味無窮**，使我一生不斷回味！這個經驗同時也具**前瞻性**，使我一生願意爲此而樂此不疲。

而我確實如此，特好此道。只可惜沒有一回像那一次那麼美好。換句話說，生命的帆布再也沒有爲我及我的伴侶共創出一幅性傑作。

於是，拉伯·卡拉貝金安至少在當一名戀人方面繪過一幅傑作，而這幅傑作必須在私下完成，並且在地球上消失得比我在藝術史上留下註腳的那幅作品更迅速。唉，我所做過的事中，難道沒有一件能比我，以及我在我第一任妻子及兒孫面前所留下的污名更能留傳後世的嗎？

我介意嗎？

難道有人不介意？

可憐的我，可憐的芸芸眾生，一生之中能流芳傳世的，只有寥寥數件！

．．．

戰後，有一回當我向泰瑞·奇峻提起我與瑪莉莉長達三小時完美的雲雨之歡，以及那份悠然神遊於宇宙的感覺時，他這麼說：「你當時正處在**無神會**的狀態。」

「什麼的狀態？」我說。

「是我自創的一個概念，」他說。這時的他還是一名「話家」而不是畫家，那是早在我爲他買噴槍之前。而當時的我，則只是一名清談者外加畫友，還做著當商人的美夢。

「人與上帝之間的問題並不在於上帝極少與我們長相左右，」他繼續說道：「而在於恰恰相反：上帝經常在我們的髮耳之間**殷殷**相詢。」

他說他才剛由大都會博物館出來，那裡有許多畫都是有關上帝指示亞當、夏娃、瑪莉亞以及苦惱的群聖的畫。「如果你相信這些畫家的作品，你就會認爲這種時刻是非常稀少的。但是誰會那麼傻去相信畫家呢？」他說。他又順口點了雙份蘇格蘭威士忌，當然，我很確定，又是我付帳。「這種時刻就稱爲『神會』，而且我可以告訴你，這種『神會』的機會就像家中的蒼蠅那麼常見，」他說。

「我懂了！」我說。我想當時帕洛克也在場傾聽，雖然那時我們三人尚未被稱爲「三個步槍兵」。帕洛克是一名眞正的畫家，他幾乎不開口說話。而自從泰瑞・奇峻變爲一名眞正的畫家後，他也幾乎不再開口說話了。

「『悠然神遊於宇宙』，不是嗎？」奇峻告訴我。「這正是對無神會最完美的描述。這種稀少的時刻，這種全能的上帝不再在你身旁耳提面命而讓你隨心所欲地當一名凡人的刹那，就是無神會。那種感覺持續多久？」

「嗯，大約半小時吧！」我說。

於是他跌靠在椅背上，很滿足地說：「我說得沒錯吧！」

・・・

那個下午也正是我爲我們兩人在中央廣場建築物的頂樓租下一間一名攝影師的閣樓當畫室的下午。當時，曼哈頓的畫室租金價碼很低，一名藝術家可以眞正在紐約生存下去。想像不到吧？

在我們租下那間畫室時，我告訴他；「如果我老婆知道這件事，她一定會把我宰了。」

「只要每週給她七次『神會』，」他說：「她會感激不盡而讓你把所有的東西都帶走。」

「知易行難呀！」我說。

・・・

那些認爲塞西・伯曼的保莉・麥迪遜作品不斷提醒青少年如果不留意就有懷孕的可能或類似事情，是一種破壞美國社會結構的舉動的人，必定也會認爲泰瑞・奇峻的這番話傷風敗俗。但是我從來沒有見過比他更賣力爲上帝的信差找出路的人。如果他從商、從法、從政或管財務，想必會有一番光明的事業。他同時還是一名優異的鋼琴好手及運動家。如果他留在軍隊裡，可能不久即會被升爲一名將領或三軍統帥。

但是，當我遇見他時，他正打算放棄一切，成爲一名畫家。雖然他還沒有爲五斗米折腰過，而且畢生也沒有上過一堂藝術課程。「我得找一件值得一試的事情來做，」他說：「而繪畫正是少數我還沒有嘗試過的事情之一。」

・・・

我知道許多人都以爲泰瑞如果想畫寫實畫也不會是一件難事。這些人唯一的證據就是那幅以前長掛在我的大廳之中的那幅畫其中的一小塊。他從未爲那幅畫命名，但那幅畫目前是以

「魔窗」聞名於世。

除了那一小塊以外，整幅畫是典型的泰瑞・奇峻式噴畫。彷彿是在一個橢圓型人造衛星，或是一個任你命名的東西上看到的，色彩豔麗的暴風系統。但是，如果仔細觀看那一小塊的內容，會發現那是一整幅約翰・辛格・薩金特（John Singer Sargent）的「某夫人畫像」複製品的倒立像。有著她著名的白晰雪肩以及細長鼻子等等。

看倌，抱歉得很：那塊詭譎突兀的小插片，那個魔窗，**並不是**泰瑞・奇峻的作品，而且，也不可能會是他的作品。那是一名代人捉刀者在泰瑞・奇峻的堅持下所完成的作品。那名捉刀者的名字，正是最出人意表的：拉伯・卡拉貝金安。

・・・

泰瑞・奇峻說，他唯一領會過非神會那種上帝鬆手的片刻，是在後來的性交以及兩次吸食海洛英的時刻。

22

最新消息：保羅·史賴辛格正打算到波蘭各地拜訪。根據今早的《紐約時報》記載，他被一個叫做「筆」的國際作家組織派到波蘭一週——做爲調查他那些受壓抑的文友目前所處的窘境的代表團成員之一。

也許，波蘭人也可投桃報李地調查一下他的窘境。到底是何者較值得同情呢？是受警察壓抑言論，縛手縛腳的作家，還是一個活在自由的國度，但卻無話可說的作家？

．．．

最新消息：伯曼寡婦在我的起居間裝設了一台撞球桌，而把原先的家具送到「甜蜜的家庭搬家儲物公司」去。那個撞球檯實在很大，而必須用千斤頂頂在地下室，才能使我那幾桶耐久緞藍免於因一樓地板塌陷而受池魚之殃。

從我當兵以後，我就沒有打過撞球，而且我的球技一向不佳。但是你應該見識一下伯曼女士把檯上的球敲光的場面，不管那些球在何方。

「妳在哪裡學會打這一手好球的？」我問她。

她說，自從她父親自殺後，她就休學了。爲了不在雷克瓦納變成一名酒鬼或是蕩婦，她每天打十小時的撞球。

我不必和她一起打。沒有人必須和她一起打。而且我認爲在雷克瓦納也沒有人和她一起打。但是，有一些有趣的事不久就會發生。她會突然間失去準頭，然後便會打幾個呵欠，抓一下身上，好像有一點癢的樣子。接著她便會上樓睡覺，有時一睡就睡到隔天中午才起床。

她是我所認識的女人中最情緒化的一個。

．．．

而我在書中所提到一些有關馬鈴薯倉的暗示會導致什麼結果嗎？難道她不會在手稿中讀到一些端倪，而輕易地猜測其他部分？不，不會的。

她信守諾言。她曾向我保證，一旦我開始寫，並且能寫到一百五十頁，如果我寫得了這麼多的話，她就會嘉獎我，讓我在寫作室享有充分的隱私權。

她還說，如果我寫了這麼多，也就是那麼多的話，我和書的關係就會十分親密，而這時如果她打擾了這種親密，就會是十分魯莽的舉動。我想，在經過一番努力後取得一些特權與尊重，是十分令人欣慰的。只是我必須反問我自己：「她憑什麼來嘉獎或處罰我，這裡到底是什麼地方：是托兒所還是監獄？」但是，我才不問她這些事，因爲她可能會因此又取消了我的特權。

・・・

今天下午，兩名模樣光鮮的德國商人由法蘭克福前來參觀我的收藏。對這兩名成功的後納粹時代商人而言，歷史是一片純白，毫無污點。他們是那麼新，那麼新，那麼新的一代。他們和丹・格瑞格利一樣，說了一口上流社會的英國腔英語，但在早先曾問過我和塞西是否會說德文。很明顯地，他們想知道他們能不能毫無阻礙地用他們自己的語言交談而不被旁人知悉。伯曼和我告訴他們，我們不懂德語。而事實上，她會說流利的意第緒語，所以聽得懂許多德語，而我則在戰爭期間坐監時耳濡目染了一些。

我們兩人大致解碼出下列的意思：他們假裝對我的畫感興趣，但事實上是覬覦我的房地產。他們想來看看我是不是健康或神智狀況欠佳，或是處於財務窘境，以便他們能更容易地向我無價的私人海灘空地下手，興建連幢公寓。

他們只得到些微的滿足。當他們乘著他們的賓士轎車離開時，塞西・伯曼，一名猶太製褲商的女兒告訴我，一名亞美尼亞鞋匠的兒子：「**我們**變成印第安人了。」

・・・

如我所言，他們是西德人。但他們也可以輕易地成爲與我私人沙灘比鄰而居的美國公民。而且我現在已開始懷疑，這種想法不再是這裡的許多人（不管是公民與否）在心態上的祕密成分了：大家都認爲這片大陸還是一塊處女地，而在這裡的其他人，則像是價値觀不受認同，或是太柔弱無知而無法抵禦外侮的印第安人？

．．．

我想，這個國家最深沉的祕密可能是：有太多公民認爲他們自己應屬於其他一些有較高文明的地區。這種較高的文明並不需要是另一個國家，而可以是一種過去——一種在還沒有被移民以及受解放的黑人所破壞的美國。

這種心態使得我們之中有太多人去偷，去騙其他人，並且把垃圾，會上癮的毒品，以及腐敗的娛樂販賣給我們。於是，到後來我們這些人不就只是被他們視爲次人類原始民族？

這種心態同時也解釋了大多數的美國喪禮。如果仔細想一下，許多葬禮的訊息都是說：死者生前在這塊孤冷的大陸上遭到掠奪之苦，死後則終得以安返家園、榮歸寶山了。

．．．

再重回一九三六年！注意：

瑪莉莉與我的非神會稍縱即逝，但我們都滿足地享用了。我們彼此抓著對方的上臂，觸摸探尋可以觸摸的部分，我想也激發了我們想明瞭自己能到達什麼極限的意願。

接著，我們聽到樓下前門打開與關閉的聲音。如同泰瑞・奇峻有一回提起他性交後的經驗：「神會的狀態恢復了，每個人都得穿上衣服，再度像無頭蒼蠅一樣四處亂竄。」

・・・

當瑪莉莉與我正在整裝穿衣時，我小聲地告訴她我眞心愛她。那時還能說什麼呢？

「你不愛我，你也沒法子愛我，」她說。她待我形同陌路。

「我會和他一樣，成爲偉大的插畫家的，」我說。

「你會和別的女人在一起，」她說：「而不是我。」我們才剛做完愛，而她卻表現得有如我是一個在公共場合挑逗她的無名小卒。

「我做錯了什麼事嗎？」我說。

「你沒有做什麼有對錯之別的事，」她說：「我也沒有。」他停止整裝，直盯著我的雙眼。那時還是成雙的眼睛。「這件事從來沒發生過。」她又開始梳粧打扮。

「覺得好一點了嗎？」她說。我告訴她當然好一點了。

「我也是，」她說：「但是不會太久的。」

又在談**現實**了。

我以爲我們當時已有比翼雙飛的誓盟了，就像當時許多人決定性交時一樣。而我也是這麼想。我認爲瑪莉莉可能懷了我的孩子。當時我並不知道，瑪莉莉在應該是無菌的瑞士墮胎時受到感染，因而造成不孕。我對她有太多的不了解，而且要到十四年後才會明白。

「你認為我們下一步該走到哪裡？」我問。

「我認為**誰**下一步該走到哪裡？」她說。

「我們呀！」我說。

「你是說在我們手牽著手，帶著燦爛的微笑走出這個溫暖的家以後嗎？」她說。「有一部歌劇足以使你心碎。」

「歌劇？」我說。

「一名美麗而世故的大畫家情婦，年齡只有畫家的一半，勾引畫家的年紀輕到足以當她兒子的門徒，」她說。「後來東窗事發，他們就被趕出家門，她也相信她的愛與鼓勵會使那名男孩成為大畫家，但結果他們卻凍死了。」

而那也正是即將發生的事。

．．．

「你得離開，而我得留下來，」她說。「我已經存了一點錢——大約夠你維生一、兩個星期。反正這已經到你離開這裡的時刻了。你在這裡已經太樂不思蜀了。」

「我們怎麼能在做了那件事後就這樣分離呢？」我說。

「我們那麼做時，世界是靜止的，」她說：「現在，世界又開始轉動了。那件事並不算數，忘了它吧。」

「我**怎麼**忘得了？」我說。

「我已經把它忘了，」她說：「你還是個小孩子，而我需要一個男人來照顧我。格瑞格利是一個男人。」

於是我既困惑又羞愧地跑回房去收拾東西。她並沒有送我出門。我不知道她到底在哪一個房間，做什麼事。沒有人看到我離開。

而我就在一九三六年聖派翠克節的日落時分，永遠地離開了那幢屋子。甚至沒有回頭看一眼丹・格瑞格利門上的美杜莎門環。

・・・

我在一條街外的國際青年中心單獨地度過了我的第一個夜晚，直到十四年後才再度有她的音訊。當時的我認爲，她期望我能發大財，然後再回去把她由格瑞格利手中接走。甚至還有一、兩個月之久，我認爲這個幻想有實現的可能。這種故事全在丹・格瑞格利繪過插畫的故事中發生過。

她會到我值得她一見時才見我。丹・格瑞格利甩掉我時，他正在爲亞瑟王與其武士的新版繪製插圖。瑪莉莉充當瑰玫模特兒。我將爲她帶來聖杯。

．．．

但是，經濟大蕭條很快地就使我明瞭自己的一文不值。我甚至無法爲自己掙得一頓像樣的餐飯和床，而且我通常是救濟站與無家避難所中最潦倒的人。我還趁取暖之便，利用圖書館來提升自我，讀一些歷史、小說及人人稱道的詩——百科全書和字典，以及最新出版的自救書籍，包括如何在美國出人頭地，如何由失敗中學得教訓，如何馬上贏得陌生人的喜愛與信賴，如何創業，如何成爲萬能推銷員，如何聽天由命，不再浪費時間自尋煩惱，如何吃得健康等等。

我當然是格瑞格利庇蔭下的孩子，但同時也是歷史時代的產兒。當時的我，試圖以我的字彙以及對歷史上偉大作品、事件和人物的熟悉來和那些一流大學的畢業生相抗衡。我的口音，還有瑪莉莉的口音，都是格瑞格利口音的綜合。記著，瑪莉莉與我，一名礦工的女兒，和一名亞美尼亞鞋匠的兒子，兩人都有足夠的共識不去裝腔作勢地學上流社會英語。我們在口音上保存我們平凡的出身，那種口音在當時並沒有特殊名稱，但在今天則被稱作「跨大西洋口音」——是一種有教養、悅耳，既不美式、也不英式的口音。從這方面而言，瑪莉莉和我稱得上是兄弟姊妹：我們的口音相近。

．．．

但是，當我在紐約市漫遊時，已經是滿腹經綸又說得一口漂亮的英語，卻依然十分寂寞，而且通常還挨餓受凍。我在美國自我發展中心聽過一個笑話：知識只是在那些一流大學用某種方式求得的垃圾。那些一流大學的眞正瑰寶並不是知識，而是提供了人爲的顯要人物擴展家庭的終身會員資格。

．．．

我的雙親是生於生物家庭中，也是一個大家庭，在土耳其是受人敬重的家庭。我，則出生於，除了父母之外，遠離其他亞美尼亞人的社會，最後，終於成爲兩個頗受人敬重的後天擴展家庭的成員。當然在社會上受敬重的程度，是無法和哈佛與耶魯相提並論，但也有一些地位。這兩個家庭是：

一、戰時的美軍軍官組織。

二、戰後的抽象表現學派。

23

我無法在任何知道我是丹・格瑞格利的信差的公司得到工作。雖然無法取得明證，但是我猜想他告訴這些公司說我自私、不忠、又沒天分等等。這些話也是眞的。反正，工作機會本來就是粥少僧多，所以他們又何必把工作機會給一名長得和他們很不相同的亞美尼亞人？讓亞美尼亞人自己去照顧他們的失業人口吧。

而事實上，也是一名亞美尼亞人拯救了我。當時，我正以一杯咖啡或多一點的代價，在中央公園爲來往的遊客畫速寫。那人不是土耳其也不是俄羅斯的亞美尼亞人，而是一名保加利亞亞美尼亞人。他的雙親在他襁褓之時把他帶到法國巴黎。於是，他的家人與他，就成爲那個後來發展爲世界藝術之都的巴黎裡，活躍而繁榮的亞美尼亞社區的一份子。如同我曾提及的，我的父母與我，如果沒有被可惡的馬明哥尼安騙到加州的聖・伊格納修，我們也會成爲巴黎人的。我的救命恩人的原名是馬克提起・國允吉安，而後法國語化爲馬克・古龍。

古龍家族，在時與現在，都是旅遊界的巨人，在世界各地均設有旅行社，安排的行程也幾乎遍及全球。當馬克・古龍在中央公園和我搭訕時，他年僅二十五歲，被派往美國尋找一家廣告代理商推廣他的家族事業在美國的知名度。他對我的畫材設備稱許不已，並且告訴我如果我眞的想成爲一名藝術家，就應該到巴黎去。

當然，這件事後來在不久的將來成爲一種反諷：因爲我後來終於成爲一個畫家小團體的一份子，而這個團體正使得紐約市，而非巴黎市，成爲世界的藝術首都。

我想，純粹是出於對種族偏見反抗，使一名亞美尼亞人照顧另一名同胞。他爲我買新西裝、新襯衫、新領帶，甚至還買了一雙新皮鞋。然後把我帶往他最欣賞的廣告代理商李德摩耳公司。他告訴他們，如果公司雇我當藝術指導，他們就可以得到古龍公司的廣告代理權。而那家公司照作了。

從此，我再也沒有他的消息。但是，你知道嗎？就在今天早上，當我正在這半世紀以來，第一次認眞地想起馬克・古龍時，卻在《紐約時報》看到他的訃聞。文中提及，他是法國抗德時的英雄。而在死前，已是古龍兄弟公司，世界最大旅遊公司的總裁了。

多麼巧合呀！但是世事也不過是如此了。人不能把生命看得太嚴肅。

・・・

最新消息：塞西・伯曼已成舞癡。她不斷邀人，不管年紀或職業，都可以陪她出席她所知道在方圓三十哩內舉行的各式公開舞會，其中大部分都是義勇消防隊的募款晚會。前幾天她凌晨三點才回家，頭上還戴著一頂消防帽。

現在她則盯著我，要我參加艾克斯旅社所開辦的交際舞課程。

我告訴她：「我不打算把我僅剩的一點尊嚴葬送在特西喬歌舞女神的神壇之上。」

．．．

我在李德摩耳公司過著衣食溫飽的小康生活。也就是在那裡，我爲世上最美的輪船——**諾曼第號**作畫。畫的前景，正是世界最美的科德車，背景則是世界最美的摩天大樓——克萊斯勒大樓。由科德車走出來的，是世上最美的女演員瑪德蓮．卡羅。活著眞好！

改善了的吃住環境使我有一天竟自找麻煩地把作品挾在腋下，前往藝術學生聯盟。我想學習如何成爲一名純畫家，而帶著我的作品給一位名爲尼爾森．包爾比的畫家代表。他是全體在那裡工作的畫家教師的代表。基本上他是一名人像畫家，作品至少還可以在一個地方看到——紐約大學，我的母校。他在我就讀之前，曾爲兩任校長畫過像。他使這兩位校長永垂不朽，就像只有畫作才能辦到的一般。

．．．

當時大約有十二名學生，全都對著同一名裸體模特兒忙碌地作畫。我期待能加入他們的行列。他們看來宛如一個和樂的家庭，而這也正是我所需要的。我在李德摩耳並沒有歸屬感。我得到工作的方式使我在那裡一直體會到一種令人厭惡的氣氛。

包爾比年紀很大卻還在教學——我想大約有六十五歲吧。我從公司藝術部那位曾受教於包爾比的上司口中得知，他本籍是俄亥俄州的辛辛那提，但是和當時大多數的藝術家一樣，大半生都是在歐洲度過。他的年紀很大，使得他曾接觸過的人包括了詹姆士・惠斯勒（James Whistler）、亨利・詹姆士、艾米爾・左拉（Emile Zola）以及保羅・塞尚！他還聲稱自己和希特勒在維也納曾經朋友一場，當時在第一次世界大戰前，希特勒還是一名快餓死的藝術家。

老包爾比在我遇見他時想必也是窮困潦倒，否則他大可不必以風燭之年還在藝術學盟教畫。我自始至終都無法得知他後來的景況。十年風水輪流轉嘛！

我們並未成爲朋友。他在瀏覽過我的作品後，用使學生聽不見的很小的音量說著下面幾句話：「老天，老天，老天？」還有「我的孩子，誰幫你畫的？還是你自己畫的？」

我問他問題在哪裡，他說：「我不知道該怎麼說。」他眞的用心地搜索枯腸。「也許聽起來會很奇怪——」他最後終於開口了，「但是，技術上而言，幾乎沒有東西可以難得倒你了。你懂我的意思嗎？」

「不懂，」我說。

「我也不能確定我自己聽得懂，」他說。他皺起臉說：「我認爲，我認爲，一名好的藝術家必須想辦法在畫布上畫出**難倒**他的東西，這件事對作畫不但有用，而且十分重要。那正是吸引我們從事純畫畫領域的力量。我想，這些畫的缺點，就是少了這些我們應稱爲『人格』或是『痛苦』的東西。」

「我懂了，」我說。

他鬆了一口氣。「我想**我**也懂了，」他說。「眞有趣，這是我以前從來不必用語言表達出來的東西。**眞有趣！**」

「但是，我無法明瞭你到底收我爲學生了沒有？」我說。

「我拒絕你了，」他說。「如果我收你爲學生，對我們兩人都不公平。」

我十分生氣。「你用你剛才才揑造出來的高調理論拒絕了我，」我回嘴。

「不，不，不，」他說。「我在我想到這個論調之前就拒絕你了。」

「基於什麼理由？」我問。

「基於你畫冊中的第一幅畫，」他說。「這幅畫告訴我：『這是一個沒有熱情的人。』於是我捫心自問我現在問你的問題：『如果一個人根本沒有竭力想表達的東西，那麼我爲什麼要教他藝術的語言？』」

・・・

我眞是背到極點了！

於是我註冊了一門創意寫作——每週上課三次，在市區大學由頗具知名度的短篇小說家馬丁・舒伯授課。他的故事大多與黑人有關，雖然他本人是個白人。丹・格瑞格利本人也曾爲他的故事書畫過幾回插圖——基於他一慣的愉悅以及對他認爲其實是猩猩的人種的同情。

舒伯對我的寫作的評語是，除非我開始對描述事物的外觀——特別是對人的臉部表情表現出較強的熱情，否則我的進步會很有限。他發現我會畫畫，所以他對於我不會一再地描述事物的外觀感到驚訝。

「對每一個善於繪畫的人而言，」我說：「把眼前所見的事物以文字來描寫就好像用彩球吊繩和碎玻璃來製作感恩節晚餐一般。」

「那麼，你最好還是退選這一門課吧，」他說。我照做了。

我也不知道馬丁・舒伯後來的下場如何。也許他戰死沙場了。塞西・伯曼則沒從來沒聽過他。反正，十年風水輪流轉嘛！

・・・

最新消息：保羅・史賴辛格，這名時常自授創意寫作課程的人，以一種石破天驚的方式重回我們的生活。很顯然地，以往種種的不歡齟齬已成過去。他目前正安睡在樓上的一間臥房中。當他醒來以後，我們就走著瞧吧！

昨天午夜，泉村的義勇消防隊救護組把他帶到我家。他在泉村的家中，對著不同的窗戶向鄰居大喊求救——也許在他被救出時，他已經在每一個窗口都喊過了。救護組打算把他送往河頭的榮民醫院，因爲大家都知道他是一名榮民，就像大家都知道我是榮民一般。

但是他冷靜下來，並且向救護組保證，只要他們把他送到我這裡，他就會平安無事的。於是他們就來按我的門鈴，而我則在掛著小女孩盪鞦韆的圖片的大廳接待他們。在義勇消防隊的扶持與壓制下的，則是身著保護緊身衣、活蹦亂跳的史賴辛格。如果得到我的允許，他們將暫時把他放開，作進一步觀察。

塞西・伯曼當時也下樓來，我們兩人都穿著睡衣。當人們看到不速之客時通常會做出奇怪的事。在塞西仔細盯著史賴辛格好長的一段時間後，她轉過身去開始把牆上一幅幅邋鞦韆的照片扶正。看來，這名看起來天不怕地不怕的女人還是有令她害怕的事。她被不正常嚇呆了。

不正常的人對她而言想必有如美杜莎般可怕。如果她不小心看到誰，那個人就會立刻呆若頑石。這其中必有典故。

24

當他們把史賴辛格放下時，他溫馴地有如一頭綿羊。「放我上床，」他說。他指定了希望被安置的房間。那是在二樓一間火爐上方掛著阿朵夫・哥特李伯的《七號凍音》的房間，房內還有可以欣賞海景與沙丘的大窗戶。他指定要那個房間，似乎已決定要長睡那裡。因此，我想他可能早就計畫出要搬進那間房間的細節達數小時，甚至數十年之久了。我正是他的保險計畫的一部分，終有一天，他會放棄求生，變得奄奄一息，然後叫人把他送到這個傳說中住在海邊的亞美尼亞老好人家中。

順帶一提，他本人出身於一個頗具歷史的美國家庭。大約兩百年前，第一名出現在美洲陸地上的史賴辛格是獨立戰爭時約翰・伯格恩將軍手下的德籍傭兵。這名將軍被不久後在第二場位於亞伯尼北方的自由人農場之役中、棄甲逃到英國的反叛軍伯南地・阿諾所擊敗。史賴辛格的祖先因此身陷囹圄，再也沒機會回到德國威士伯登的老家。而他的祖先，在德國老家，是一名——猜猜看？

鞋匠的兒子！

‧‧‧

「所有神的子民都有鞋穿。」——古老黑人靈歌

‧‧‧

我得這麼說：伯曼寡婦在史賴辛格穿著保護緊身衣進門時，似乎比史賴辛格本人還受到驚嚇。當救護組把史賴辛格放在大廳時。他看來和以前的老史並無兩樣。但是，那個幾乎呈緊張症的伯曼，則是我從未見過的伯曼。

於是，我只好在無人協助的情形下，把史賴辛格扶進房裡。我並沒有幫他寬衣，因爲他身上除了騎士牌內褲與一件印了「停止蕭漢」的襯衣外，並沒有穿其他衣物。蕭漢是在離這裡不遠的一座核能發電廠，如果電廠運轉不得當，將會造成成千上萬人的死亡，也將使長島不堪居住達數世紀之久。許多人都反對設廠，但也有許多人贊同。我個人則儘量不去想它。

對這件事，我想應該這麼說，雖然我只在照片中看過而已。在建築方面，我從來沒有看過比下面更有見地的話：「我是由另一個星球來的。我不管你是誰、要什麼或是你做什麼。小傢伙，這裡已經變成我的**殖民地**了。」

‧‧‧

這本書恰當的副標題可能是：一個大器晚成或後知後覺的亞美尼亞人懺悔錄。仔細聽著：在史賴辛格遷入之前，我從來沒想過伯曼寡婦會是一個藥物狂。

在我把史賴辛格安頓在床上，並且把比利時床單拉到他的德國鼻孔下之後，我認爲他也許應該吃點安眠藥。我本人沒有半顆安眠藥，但我希望伯曼女士會有一些。我聽見她緩緩地走上樓、回到臥室的聲音。

她的房門大開，於是我在門口叫喚她。她當時正坐在床沿，目光呆滯地望著前方。我向她要安眠藥，她要我自己到浴室拿。自從她搬進來後，我還沒有進過這間浴室。事實上，我沒有進這個房間已有數年之久，沒進過浴室的機會當然更大。

老天！我希望你能親眼目睹她所擁有的藥物。很明顯地，這些藥物都是她那死去的醫生丈夫屯積數年的樣品。浴室內的藥物櫃根本裝不下。水槽邊大理石台面的櫃子，據我估計大約有五呎長、兩呎寬，**上面**全排滿了小罐子。規模之大讓我驚訝！我**恍然大悟**，許多迷團頓時水落石出——我們在沙灘上奇異的招呼、大廳突然的重建、所向無敵的撞球賽、嗜舞成癡，以及一切的一切，都是其來有自。

現在，在此夜，究竟是哪一個病人比較需要我呢？

對於一名藥物狂，如果她本人不能使情況好轉或變壞，那我又能做什麼？因此，我空著手回到史賴辛格身邊，和他淺談波蘭之行。爲什麼不行呢？反正，動輒得咎，說什麼都一樣。

．．．

數年之前，我們的總統夫人所提供的解決美國毒品藥物問題的建議是：「就說不。」

．．．

也許伯曼女士可以向她的那堆藥物說不，但是保羅．史賴辛格則對他本身所製造出來，以及傾入他血管內的危險物質毫無控制能力。他不由自主地想起各種瘋狂的事。我聽見他不斷地窮嚷，說自己如果是躲藏或被監禁在波蘭，就會寫出曠世巨作。還說保莉．麥迪遜的作品是繼唐吉軻德以來，最偉大的世界名著。

他還說了一句有關她的笑話，雖然他也許並不認為那是個笑話，因為他以十分著迷的口吻稱她為「泡泡糖群眾的荷馬詩人」。

我們就在此打住對保莉．麥迪遜作品的讚詞。為了使我心頭對這個問題得到恰當的解釋而又不必讀她的作品，我剛剛已用電話向一家書店、一名東漢普敦的圖書館員，以及一些有青少年兒孫的抽象表現主義老朋友的寡妻們打探過。

他們的回答大致相同，歸結如下：「很實用、坦白而機智，但是就文學作品而言，並不比工匠高明。」

那就是了。如果保羅．史賴辛格不想進瘋人院，那麼口口聲聲說他整個夏天都在讀保莉．

麥迪遜的作品顯然對他的個案不會有幫助。

．．．

當然，如果告訴別人他曾趴在一顆日本手榴彈上，並且從此數度進出療養院，想必也對他毫無助益。他不僅天生具有語言天分，還具有一個可惡的時鐘，使他每三年左右就會發瘋一陣子。所以，小心有天分的人爲上策！

有一天當他上床睡覺時，他說他對自己成爲目前的樣子，不管是好是壞，都無能爲力，因爲他就是「那種微分子」。

「除非受到大原子的撞擊，拉伯，」他說：「我就永遠是這種微分子了。」

．．．

「而什麼是文學呢？拉伯，」他說：「文學只不過是一份報導與微分子有關事物的會員刊物，除了對少數得了一種叫『思想』疾病的微分子外，它在整個宇宙是毫無重要性的。」

．．．

「現在，一切都已豁然開朗，」他說：「我終於全懂了。」

「你上一回也是這麼說，」我提醒他。

「反正——這一切又再度豁然開朗了，」他說。「我在世上只有兩個任務：一是使保莉・麥迪遜的作品受世人肯定為偉大的文學作品，二是出版我的革命理論。」

「好吧。」我說。

「這件事聽起來會不會很瘋狂？」他說。

「會，」我說。

「很好，」他說。「我必須建兩座紀念碑。一座為她，一座為我。一年以後，人們都還閱讀她的作品，也都還在討論史賴辛格的革命理論。」

「你能這麼想，很好，」我說。

他變得很狡猾的模樣。「我從來沒有**告訴過你**我的理論，不是嗎？」他說。

「沒有，」我說。

他用手指尖輕敲腦門，「那是因為我這幾年來都把它們鎖在**我的**這座馬鈴薯倉裡，」他說。「拉伯，你並不是唯一一個把好酒沉甕底的老頭。」

「關於馬鈴薯倉，你知道些什麼？」我說。

「什麼也不知道——名譽擔保，什麼也不知道。但是，如果一個老頭子不是把最好的留到最後，那他又何必把東西鎖得那麼緊，那麼緊？」他說。「要微分子才能了解微分子。」

「在馬鈴薯倉裡，不是最好的，也不是最糟的。當然，不一定要很好才是我最好的作品，也不必要奇糟，才會是我最壞的作品，」我說。「你想知道裡面裝什麼嗎？」

「當然，如果你願意告訴我的話，」他說。

「它是所有人類的訊息中，最空虛也最豐富的，」我說。

「那就**是**？」他說。

「『再見』，」我說。

．．．

家庭宴會！

是誰為我這些愈來愈迷人的嘉賓準備食物和整理床鋪呢？

是少不了的愛麗森．懷特！眞感謝老天，讓伯曼夫人說服她留下來！伯曼夫人聲稱已完成最新作品近十分之九，不久即將重返巴爾的摩，但愛麗森卻不致於掉頭就走。一來，兩週前的股票崩盤，使得家庭幫傭的需求大減；二來，她又懷孕了，而且決定生下孩子。所以，她**請求**我至少讓她和莎萊斯留到冬天，而我則告訴她：「留愈久愈好。」

．．．

也許，我應該為這本書所走過的路線留下標記，記述著：「今天是七月四日」或是「他們說這是有史以來最冷的八月天，可能和北極上臭氧層的消失有關」等等。但是，我從來沒有料到這本自傳竟然也會成為日記。

讓我說明一下：勞動節已過了兩週，如同股市崩盤一樣，也過了兩週。而且「啾」地一聲，夏天又過了！

．．．

莎萊斯和她的那群朋友已回到學校，而今天早上她問我對宇宙了解多少。她得寫一篇有關宇宙的論文。

「為什麼要問我，」我說。

「你每天都讀《紐約時報》，」她說。

於是我告訴她，宇宙是由十一磅重的草莓開始的，大約在三兆年前的午夜過七分後爆裂開來。

「我是和你說**正經的**！」她說。

「我所能告訴你的，就是我在《紐約時報》上讀到的，」我說。

．．．

保羅．史賴辛格已經把他所有的衣物與寫作工具移到這裡。他已經開始下筆寫他的第一部非小說，命名為：在人類各式領域的活動中，唯一能產生成功的革命方法。

這本書的價值在於：史賴辛格宣稱自己由歷史中發現，大多數的人對新觀念都很排斥，除非一個心胸開放的組織裡的特殊成員為這些觀念作一番努力。否則，不管生命是如何地痛苦、不真實、不公平、荒謬或愚昧，生命還是不會有任何改變的。

這種組織必須由三種專家組成，他說。否則，不論這是政治、藝術、科學，或其他方面的革命，終必失敗。

這些專家中最稀有的，他說，是一名真正的天才——一名真正有好點子的能力的人，通常不和旁人往來。「天才都是獨力作業，」他說：「通常都被當成和瘋子沒兩樣。」

第二類專家較容易尋獲：一名受到社團敬重的高級知識份子，他會推崇天才所想到的新鮮點子，並證實天才一點也不瘋。「這種人如果獨力作業，」史賴辛格說：「只會大呼口號要改革，但卻不知道應該改成什麼。」

第三類專家善於解釋事理。不論事情多複雜，也不管聽眾多麼死腦筋，多麼笨，他都能使大多數人獲得滿意的解答。「他會說出任何可以使人感興趣或興奮的事，」史賴辛格說。「如果這種人獨力作業，傳播他自己空洞的想法，就會被當成和耶誕夜火雞沒兩樣，是滿肚子屎的東西。」

・・・

史賴辛格捉摸不定地說：每一次成功的革命，包括我曾參與的抽象表現主義，都會有這些人才的參與——以我們的例子而言，帕洛克是天才，以俄國革命而言，列寧是那個天才，而基督則是基督教界的天才。

他說如果你找不到這種陣容，就別冀望會在任何事情上有大轉變。

．．．

想想看！這幢在海邊的房子，幾個月前還冷冷清清、死氣沉沉，如今則正醞釀著一本如何成功的書、一本有關一名窮女孩對富豪之家男孩的感覺的書，以及一名所畫的東西至今都無法留在畫布上的老畫家的回憶錄。

而且，我們還會有一個寶寶在此出生！

．．．

我向窗外眺望，看見一名心思單純的男子騎在一輛拖著發出吱吱巨響的除草機的拖車上，橫跨過我的草地。除了知道他叫做法蘭克林．庫里，他開了一輛糞棕色的凱迪拉克轎車，並且有六個孩子外，我對他幾乎是一無所知。我甚至不知道庫里先生會不會讀書寫字。根據《紐約時報》的記載，美國至少有四千萬名文盲。也就是說，這個國家的白丁是全世界亞美尼亞人的總數的六倍。白丁何其多，亞美尼亞人何其少呀！

法蘭克林．庫里，這個有六個孩子的可憐的笨蛋，滿耳都被除草機的噪音塞滿了，他到底有沒有想過，也許使地震產生的工作正在此進行著？

⋯

對了，再猜猜看《紐約時報》今早又說了什麼？基因學者有**明確的**證據證實男人與女人以前是不同的種族，男人是在亞洲演化，而女人則在非洲演化。他們在相遇後產生混交，純屬巧合。

這篇文章臆測，其中較弱小、但不見得較愚笨的人種，被征服、奴役、矮化，而最後終至去勢。而陰蒂，正是這弱小人種生殖器官的最後遺跡。

我要停報！

25

再回到經濟大蕭條時期！

長話短說：德國入侵奧地利、捷克、波蘭，最後到法國，於是我在恍如隔世的紐約市因此而變成一個小人物了。古龍兄弟公司倒了，於是我在廣告公司的工作也沒有了——就在我父親的回教葬禮不久之後。於是我加入了當時還是太平盛世的美軍，並且高分通過性向測驗。外面的經濟依然一片蕭條，而美軍的人數當時還算是小家庭，所以我被接納是十分幸運的。我還記得，那名負責招募的軍官暗示我，如果我把名字合法地改為美國化一些，也許會更吸引人一點。

我甚至還記得他那有益的建議：「羅伯・金」。想想看：現在也許有人僭越我的私人沙灘，望著我的豪宅發呆，而猜測到底是誰有這麼大的本事能享有這麼好的住宅，而答案卻可能是：「羅伯・金」。

・・・

但是軍隊還是把我登錄為拉伯・卡拉貝金安——後來我發現，是基於以下的理由：陸軍少將丹尼爾・懷特候，當時的工兵團的司令，要一名軍人出公差爲他畫油畫人像，而且認爲有外國名字的傢伙會畫得最好。當然，依照軍隊的規矩，我得爲他免費作畫。這是一名急著博得不朽之名的軍官。他在六個月後，會因腎臟疾病而退休，也因此錯過了服役於兩次世界大戰的良機。

天知道我爲他作的人像畫會出現什麼結果——只在基本訓練後抽出的幾小時時光來作畫。我用最貴的畫材，這是他十分樂意提供的。看來，我的畫作中，原有一幅可以比《蒙娜麗莎》更耐久的！如果當時我也在他的臉上畫上謎樣的微笑就好了。而我所畫的微笑，其中的深意只有我能了解：他身爲一名將官，但卻錯過了生命中的兩次大戰。

・・・

我的另一幅有可能比《蒙娜麗莎》更耐久的作品，是那個放在馬鈴薯倉裡的混蛋東西。

・・・

我**至今**才明白這個道理！當我還在一幢和這裡大小不相上下的軍方巨宅中爲懷特候少將作畫時，我還只是個典型的亞美尼亞人！歡迎我的本性重回我的身軀！我是一名柔弱乾瘦的募兵，他則是一名重達兩百磅，隨時有權捏死我這隻小昆蟲的土耳其大將軍。

但是，我卻在這樣的情形下，依然以奉承的口吻向他下達了一些狡猾，而對我有利，但事實上也是十分適當的建議：「你有一個強勁性格的下巴，你知道嗎？」

就像在土耳其法庭上那些毫無勢力的亞美尼亞人一般，我爲他可能從來沒想過的想法道賀。下面就是一例：「你一定曾費心想過，如果戰爭開打，航空攝影技術想必十分重要。」當然，在當時，大戰早已在美國以外的其他地區如火如荼地進行著。

「是的，」他說。

「你能不能把頭稍稍向左偏一點？」我說。「太棒了！這樣你的眼袋才不會有黑影。我當然不想畫壞這雙眼睛。能不能請你想像自己在日落時分由山頂俯瞰——俯瞰一座明天可能會有戰事的山谷？」

於是，他盡力達成我的要求，而且不能開口說話以免破壞畫作。但我卻像一名牙醫對待病人一般，可以自由談論：「好，好極了！太棒了！別動！」我說。接著，我在下筆時又以幾乎漫不經心的口氣說：「每一個部隊都說空中僞裝是他們的特長，但這件事很明顯地是工兵團的職責範圍。」

我又接著說：「藝術家天生就是爲僞裝而生的，我想我只是第一批被工兵團招募的這一類人才。」

・・・

像這種地中海式油腔滑調的吹捧是否奏功呢？就由你來評斷吧：

那幅畫在少將的退休典禮上揭幕。我已完成基本訓練而升爲上等兵。我只是一名手持老舊春田來福槍的普通士兵，列隊站在撐著畫像的畫架以及少將即將發表演說的重要布幔前。

他演說有關航空攝影，並強調工兵具有指導其他支部僞裝技術的明確責任。他說，在他即將下達的最後幾項命令中，有一項即是打算經由具有「藝術經驗」的人，來負責一個新的僞裝部隊單位，這個任務特別命令給：「拉伯・卡拉貝金安士官長。希望我沒有把他的名字唸錯。」

他唸對了，**唸對了**！

・・・

當我獲知格瑞格利與瓊斯在埃及的死訊時，正在好景堡當士官長。文中並沒有提到瑪莉莉的消息。他們雖然身著軍服，但是以市民葬禮安葬。由於當時美國還保持中立，所以他們兩人的喪禮都倍極哀榮。義大利當時還不是我們的敵人，英國人也還不是我們的盟友。我記得，在悼念文中格瑞格利被譽爲是歷史上最知名的美國藝術家，而瓊斯則被稱作第一次世界大戰的空軍健兒，而事實上他並不是，並且還被捧爲飛行的先鋒。

而我本人當然擔心瑪莉莉的情況。她還年輕，而且想必貌美依舊，一定能找到一個比我富有得多的人看護她。我當然沒有權利把她據爲己有。當時即使是一名士官長，軍餉也還十分微薄。而在軍中福利社更沒有聖杯拍賣。

．．．

當我的國家終於和其他國家一樣參與戰事後，我奉令擔任排長服役（如果不稱爲作戰的話），於北非、西西里、英國與法國。我終於被迫在德國邊境作戰，並且在一槍未發的情形下受傷被捕。一切只在一瞬間就解決了。

歐洲的戰事於一九四五年五月八日結束。我所在的囚營尚未被俄軍發現。我和其他來自英國、法國、比利時、南斯拉夫、俄國、義大利（當時這個國家已倒戈）、加拿大、紐西蘭、南非、澳洲，所有地區來的軍官們，正被迫行軍到營外，走到尚未被征服的鄉間。我們的守衛在一夜之間消失，於是我們天亮醒來時，發現我們正處在東德與捷克之間的綠色山谷邊。我們腳下的山谷裡，有著成千上萬的人——集中營的生還者、奴工、由療養院釋放出來的瘋子、由牢裡放出來的一般犯人、被捕的軍官，或招募來攻打德國的當地士兵。

多**壯觀**的一幕！如果這還不夠一個人歎爲觀止一輩子，那麼再見識一下以下的場面吧：希特勒軍隊的最後遺跡是，雖然他們的制服已是破爛不堪，但那些還在運轉的殺人機器，仍在現場隨時待命。

沒齒難忘！

26

戰後，我那個全國相識僅一人（一名中國洗衣工）的國家，爲我付全額整型手術費，整治我臉上曾有一顆眼睛的部位。我因此而辛苦度日嗎？沒有。我是空白一片，而終於了解富萊德·瓊斯當時的感覺。我們兩人都是空手而返，沒什麼成就或痛苦。

誰爲我在印地安那波里市外的班哲明哈里遜堡的眼部手術付費呢？他是一名高瘦的傢伙，色厲內荏，平實而機敏。不，我不是指耶誕老人。今天百貨購物中心的耶誕老人，大都是以丹·格瑞格利在一九二三年爲《自由》雜誌所繪的圖爲藍本的。我指的是山姆大叔。

．．．

如我所述，我和醫院裡照顧我的護士結婚了。也如我所述，我們生了兩個現在都不搭理我的兒子。他們甚至也不性卡拉貝金安了。他們依法把姓改成繼父的姓了。他們的繼父叫做羅伊·史地。

泰瑞·奇峻有一回問我，既然我天生不是當先生與父親的料子，我爲什麼還要結婚呢？我聽見自己這麼回答：「因爲戰後電影都是這麼演的。」

那段對話大約發生於戰後五年左右。

當時我們兩人想必是躺在我為中央廣場所租來的畫室所買的吊床上。那個閣樓後來不僅成為泰瑞・奇峻的工作室，還成為他的家。我個人則每週在那裡度過兩、三晚的時間，並且發自己愈來愈不受到住在三條街外的公寓地下室的妻兒們的歡迎。

・・・

我的妻子為什麼要抱怨呢？因為我辭去了康乃狄克通用人壽保險公司業務員的工作。大部分的時間，我不僅深陷於酒癮之中，還陷於用來畫巨幅作品的單一顏料——耐久緞藍之中。我租了一座馬鈴薯倉，並且還在當時蠻荒一片的附近地區，付了一幢房子的頭期款。

就在我的家庭生活的一片夢魘中，我收到一封來自義大利，一個我從未見過的國度的掛號信。信中要我到佛羅倫斯，鑑定訴訟中的兩幅由美軍從在巴黎的德軍將領手中取得的畫。一幅是喬托（Giotto）的作品，另一幅則是馬薩其奧（Masaccio）的作品。對方支付一人的所有費用。那兩幅畫被轉手到我的排上，經排上的藝術專家登錄在名冊上，運送到哈弗爾的倉房，在那裡裝箱儲存。很顯然地，那名德國將領是經由佛羅倫斯向北撤退時，在一幢民宅裡順手牽羊了這些畫。

在哈弗爾的裝箱工作是由一些在平時即以裝箱為生的義大利戰俘完成的。其中一名戰俘想必想辦法把這兩幅作品偷偷運給在羅馬的妻子，並且戰後一直保存這些畫，只偶爾在親朋好友面前展示過。而原主則透過訴訟，希望追討回這些畫。

於是我單獨啓程前往，並在證實那兩幅畫是由巴黎運到哈弗爾的文件上簽下我的名字。

・・・

我有個祕密，至今尚未告訴過他人：「一日插畫家，終身插畫家。」我常不由自主地在一片廣闊、平凡的耐久緞藍中，看到我自己所組成的彩色故事的小插畫膠卷。這種念頭有如無意義的廣告曲一般，不請自來地盤踞在我腦中，揮之不去；每一個膠卷，都是一個人物或動物靈魂的核心。

因此，只要我一沾上一片膠卷，我腦中那個不死的插畫聲音就會說話。例如：「橘色膠卷是和同伴分散的北極探險者的靈魂，而白色則是北極熊的靈魂。」

這種祕密的臆想，不但影響而且持續影響我在眞實生活中觀看景物的方式。如果我看到街角有兩個人走動，我所看到的不止是他們的血肉與衣物，而是看到他們體內細長、垂直的條型物——事實上，並不是那麼像膠卷，而像是密度很低的霓虹管。

・・・

當我在佛羅倫斯的最後一天中午回到旅館時，我的信箱中有一張留言。就我所知，我在全義大利舉目無親。那張上方印著一個貴族家徽的昂貴便條紙上寫著：

世上不可能有那麼多個拉伯・卡拉貝金安。如果你不是我找的那一位，還是請你來一趟。我對亞美尼亞人十分著迷，誰不會呢？你可以在我的地板上摩擦，然後發電。聽起來很有趣吧？和我一同沉醉於當代藝術！穿一件帶綠的衣服。

便條上署名：瑪莉莉，**伯堂馬吉歐女爵士（礦工的女兒）**！哇噢！

27

我立刻由旅館打電話給她，她問我能否在一小時內前去喝茶。我告訴她當然**可以**！我心正狂野！

她就在四條街以外，一座在十五世紀中期由阿伯提（Leon Battista Alberti）爲「隱形的」梅迪奇（Medici）所設計的宮殿中。那是一幢十字形建築，四翼在中央形成直徑十二米的拱頂圓形大廳，建築的牆鑲嵌著十八個四米半高的希臘哥林斯式圓柱。圓柱的上方則是一排聯窗，像是一面鑽了三十六個窗的牆。上方則是拱型圓頂。圓頂內是由烏切羅（Paolo Uccello）所繪的上帝顯靈圖，全能的上帝、瑪利亞、耶穌與天使正由雲端向下望。鑲嵌地板的設計師不明，但幾乎可以確定是威尼斯人，裝飾著農民的耕種、收成、烹烤物等等。

・・・

和這個場面毫不相稱的拉伯・卡拉貝金安並不打算在此展現他的鑑賞力或是他的亞美尼亞超強記憶力天分——當然也不是表現他對丈量的熟悉。這些資料全都來自一本最近剛由阿福・納夫公司出版的《塔斯坎尼私人瑰寶》新書。書中的文字與圖片全出自一位名爲金範錫的南韓政治流亡者。根據序文得知，這篇文章原是金範錫在麻省理工學院建築史的博士論文。他設法勘察並拍攝佛羅倫斯附近一些僅有少數學者見過的私人宅邸，其室內裝飾與藝術收藏從未被外人拍攝並在任何公共目錄上公開過。

在這些不可擅入的私人空間裡，我發現了「隱形」的梅迪奇宮殿，也就是我在三十七年前曾進入的宮殿。

．．．

那個宮殿以及其內部設備，至今已有五世紀半都是無可僭越的私人財產，直到我的朋友瑪莉莉，伯堂馬吉歐女爵士死去之前，都是私人財產。根據書上記載，她也正是給予金範錫有關攝影與丈量指示的人。而在瑪莉莉過世後兩年，所有權被移轉到她死去的先夫最近的男性血親，是他的第二個姪子，在米蘭經銷汽車。這位經銷商則在繼承後立刻轉手賣給一名神祕的埃及人，據悉是一名軍火販子。他的名字？扶好你的眼鏡：他的名字是李奧．**馬明哥尼安！**

人生何處不相逢！

他正是瓦塔．馬明哥尼安之子。那個使我的雙親改變心意由巴黎到聖．伊格納修，又使我失去一眼和其他東西的人。我怎麼可能原諒瓦塔．馬明哥尼安？

李奧．馬明哥尼安同時也買下宮殿內所有的陳設。因此，也買下了瑪莉莉的抽象表現派收藏。那是歐洲最好的收藏，也是世界上僅次於我的次好的收藏。

爲什麼亞美尼亞人都這麼飛黃騰達呢？我想應該有人作深入的探查才是。

・・・

我怎麼會在我寫到一九五〇年和瑪莉莉重逢的時刻，得到金範錫無價的博士論文呢？因爲這裡發生了另一個巧合，這無疑會讓迷信的人當眞。

兩天前，伯曼寡婦又不知受了什麼戰後藥物奇蹟的影響，而有了強大而超自然的感應，走進東漢普敦的書店。根據她的說法，她在數百本書中，聽見一本書在召喚她。那本書說我會喜歡它。因此，她就買來送我。

她不可能會知道我正在寫有關佛羅倫斯的事。沒有人會知道。她對那本書的內容連看都沒看一眼，所以她根本不知道我的昔日女友的宮殿正被描述其中。

如果有人把這種巧合看得太認眞，那他可能會立刻發瘋。因爲他會漸漸開始懷疑，宇宙中有各樣他或她完全不了解的事情。

・・・

這名金博士、範博士或是錫博士，不管何者是他的姓，或者都不是他的姓，釐清了在我有幸親睹圓形大廳後的兩個疑點。其一是，拱形圓頂爲什麼在白天時充滿了自然光？原來在排窗的窗框上裝有鏡子——而屋頂外甚至還有更多的鏡子接受太陽光，並把光線折射入拱形圓頂上。

其二是，爲什麼在廊柱間靠近地面的巨長方形中一片空白？怎麼會有任何一個藝術大師使其空白一片？當時那一整片全是淡淡的粉橘色，和耐久緞藍的陰影被謔稱的「毛伊島黃昏」相去不遠。

根據這位金博士、範博士或是錫博士解釋，這些長方形中本來嵌著一些異教的諸神，但如今卻已永不復見。不只是被厚重的漆覆蓋，而且早在白人發現這個地方兩年後的一四九四年到一五三一年，這段梅迪奇被由佛羅倫斯放逐的期間，這些異教諸神就被由牆上刮去。這些作品是在多明尼加修士吉羅拉蒙・薩瓦納羅拉堅持銷毀所有異教的蹤跡下被破壞的。修士認爲這些異教景物在梅迪奇統治這個城市時，已污染了這個城市。

這些嵌片是吉歐凡尼・維大力（Giovanni Vitelli）的作品，除了知道他是比薩出生之外，歷史上對這位藝術家一無所知。我們可以假設他是當時的拉伯・卡拉貝金安，而基督教保守派則是他的耐久緞藍。

・・・

附帶一提，金範錫是因爲組織學生要求改進教材而遭南韓驅逐出境的。
吉羅拉蒙・薩瓦納羅拉則在一四九四年被縊死並焚燒於梅迪奇的「隱形」宮殿之前。
我非常喜愛歷史，我不明白爲什麼莎萊斯和她的朋友對此絲毫不感興趣。

⋯⋯

我想起宮殿的那個圓形廣場，當它同時擁有異教與基督教的圖像時，就如同在文藝復興時代埋下一顆原子彈一般。它花費了無數金錢，由當時的一時之選來修築，利用詭異的組合，把十五世紀人們所了解的宇宙各種強大力量集中壓縮在狹小的空間中。

而人們對宇宙的了解，當然是日新月異，與當時不可同日而語。

⋯⋯

至於「隱形的」梅迪奇，根據金範錫的說法：他是一名銀行家，而我認爲在今天應譯爲「高利貸騙子或敲詐鬼」或「流氓」較爲貼切。他是他們家族中最富有、但也最不爲人知的一員。除了在孩提時代，由雕塑家羅倫索·基布林提（Lorenzo Ghiberti）爲他塑過一個半身像外，他本人並沒有任何畫像。而他本人則在十五歲時把半身像砸碎，把碎片投入阿諾河中。成年的他，從未參加過任何宴會，也不舉辦任何宴會。除了藏在車裡不被人看見時外出過以外，他本人也沒有旅行過。

當他的宮殿建造完成後，他最信賴的親信，即使權高位重的兩名教皇表親，也只在圓形大廳見過他。那些來訪的人受命站在廣場的外緣，而他本人則穿著一件皺巴巴的僧袍，戴著骷髏面具，在場中央與他們相會。

他在流亡到威尼斯時溺水而亡。當時尙未發明浮板。

⋯⋯

當瑪莉莉在電話中要我立刻到她的宮殿去時，她的語氣，以及她強調目前她的生命中沒有男人，似乎都向我保證，也許不到兩小時，我就會得到我有生以來的摯愛——而且我已不再是少不經事的青年，而是一名戰場英雄，一名情場老手，見過世面的人！

我則提醒她我在戰時失去了一隻眼睛，目前則戴著眼罩。而且我已經結婚了，但是婚姻生活目前觸礁。

我想我可能也告訴她，爲了使軍旅生涯能得到解放，我花了很多時間「⋯⋯梳掉頭髮間的鶯鶯燕燕。」這表示有一大堆女人隨時等候我的召喚。這種奇異的措詞是變化自一句含意較清楚的隱喩：一名蟄居很久的人會說他正忙著梳掉髮間的樹枝。

於是，我在約定的時間，懷著浮華與慾念的情懷到達。我由一名女侍領我通過筆直的長郎，到達圓形大廳的邊緣。伯堂馬吉歐女爵士的所有侍從都是女性，即使是挑夫與園丁都是。那一名引我入內的人，看起來像男士，而且十分不友善——而當她要我在大廳邊止步時，口氣則像一名軍人。

・・・

而在大廳中央，爲她的先夫由頭到腳戴著重孝的，即是瑪莉莉。

她並沒有戴著骷髏面具，但是她蒼白的臉色彷彿在微明的燈光中與頭髮結爲一體，整個頭看來彷彿是用一塊老象牙雕成的一般。

我當時嚇呆了。

她的聲音急促而冷峻。「怎麼，你這不老實的小亞美尼亞門徒，」她說：「我們重逢了。」

28

「我敢說，你又要挨罵了，」她說。她的聲音細細地迴盪在拱形圓頂上——彷彿有無數神祇在上面議論紛紛一般。

「太意外了，太意外了，」她說。「我們今天甚至連手都沒握。」我十分不悅而困惑地搖著頭。「你爲什麼對我生那麼大的氣？」我問。

「在經濟大蕭條時，」她說：「我以爲你是我唯一的朋友，於是我們發生關係。但我卻再也沒有你的消息。」

「我實在不敢相信妳會這麼說，」我說。「妳說爲了對我們**兩人**都好，你要我走開。難道你忘了嗎？」

「你一定很高興聽到我這麼說，」她說。「所以你當然掉頭就走了。」

「妳**期待**我當時怎麼做？」我說。

「希望你能有一些表示，至少表示你關心我的情況，」她說。「你有十四年的時間可以做這件事，但是你卻沒這麼做——沒打過一通電話，甚至沒寫過一張明信片。而現在你像一個沒有用的、毀壞的一分錢回到我身邊：又期望什麼？只能等著挨罵而已。」

・・・

「你是說我們當時可以繼續維持情侶關係？」我不能置信地問她。

「情侶？情侶？情侶？」她大聲地嘲笑著。她對情侶的譏諷之聲，迴繞在頂上，彷彿烏鴉在空中互鬥。

「瑪莉莉・坎培一生從未缺少情人，」她說。「我的父親太愛我，因而每天打我。高中時代的足球隊太愛我，在高年級舞會時終夜強暴我。我在齊格飛的舞台經理太愛我，要我一定要當他的情婦之一，否則他就開除我，並且叫人潑硫酸到我臉上。丹・格瑞格利太愛我，以至於因爲我寄給你一些昂貴的畫材而把我推下樓。」

「他做**什麼**？」我說。

於是，她把我如何成爲格瑞格利門徒的眞實經過告訴我。

我大吃一驚。「但是——至少他也喜歡我的作品吧，不是嗎？」我結結巴巴地說。

「不，」她說。

・・・

「這是我另一次對你感到失望，」她說。「第一次是在我們發生關係後，你卻再也沒有和我聯絡時。現在，我們來談談你對我做過的美好事物吧。」

「我一生中從來沒有覺得這麼可恥過，」我說。

「好吧——那就由我來說吧：你和我一同散過一些快樂、傻氣但美好的步。」

「是的，」我說：「我記得。」

「你以前常在地毯上摩擦，然後在我沒有預期的情形下，用靜電電我，」她說。

「是的，」我說。

「有的時候，我們還很淘氣，」她說。

「當我們做愛時，」我說。

她再度生氣。「不是，不是，不是，你這個混蛋！你這舉世無雙的混蛋！」她大叫著。

「我是指在當代藝術博物館。」

・・・

「所以，你在戰爭時失去一隻眼睛！」她說。

「富萊德・瓊斯也是，」我說。

「露葵嘉與瑪莉亞也是，」她說。

「他們誰？」我說。

「我的廚子，」她說：「還有那個領你進來的人。」

・・・

「你在戰時贏過許多獎章嗎？」她說。

事實上我表現得還不錯。我有一個**銅星**獎章，因傷而得到的**紫心勳章**，一個士兵獎章，一枚優秀領導的臂章，以及一條有七顆星的歐非中東宣傳彩帶。

我對我的士兵獎章最感到驕傲。通常只授給曾救過其他士兵生命的士兵，但不一定與戰爭有關。一九四一年，我正在喬治亞的班寧堡爲軍官候選人教授有關僞裝技術的課程，我看到一絲火光，於是我按了警鈴，並不顧自身安危，衝進火場兩次，帶出兩名不省人事的募兵。

他們是裡面僅有的兩個人，因爲那裡根本禁止進入。他們在裡面喝醉酒，並且不小心引起火災。於是他們被判兩年苦刑——不能支薪還被迫除役。

至於有關獎章的事：我只告訴瑪莉莉，我想我得到我應得的。

巧的是，泰瑞・奇峻一向羨慕我的士兵獎章。他有一個銀星勳章，但是他認爲一個士兵獎章比十個銀星還有價值。

・・・

「每當我看到有人戴勳章，」瑪莉莉說：「我就會感動地流下淚並且抱著他說：『噢，可憐的寶貝，就是有你們在外受苦，我們這些婦孺才得以平安在家。』」

她說她以前一直想走到勳章多到由軍衣領子雙邊垂到腰間的墨索里尼身前，告訴他：「在你經過這些大風大浪後，還會害怕什麼呢？」

於是，她想起我在電話中和她提到的那個不幸的表達方式：「你是不是提過，在戰爭時你必須『梳開你髮間的鶯鶯燕燕』？」

我說我很抱歉說了這句話，而且眞的很抱歉。

「我從來沒聽過這種說法，所以我還花了一些時間猜測，」她說。

「別把它當一回事，」我說。

「你想不想知道我猜想的結果？我猜無論你走到哪裡，都有一大群婦女爲了她們的孩子或長輩要求食物或保護，而盡力討好你，因爲她們的年輕人或壯丁都走的走，死的死了，」她說。「我這麼說對不對？」

「噢！天呀！天呀！」我說。

「怎麼了，拉伯？」她說。

「妳眞是一針見血，」我說。

・・・

「並不太難猜到，」她說。「整個戰事就會把女人逼到那種境地。男人永遠都和女人作對，但卻裝作是男人彼此在對打。」

「有時候他們也得很努力地僞裝，」我說。

「因爲他們知道，裝得最盡心的人，」她說：「後來就可以上報得獎。」

・・・

「你有沒有裝義肢?」她說。

「沒有,」我說。

「露葵嘉,那個引你進來的女人,她失掉一條腿和一隻眼,所以我以爲你也失掉一條腿。」

「我沒有那個運氣,」我說。

「嗯——」她說,「有一天清晨她穿過草地爲剛生小孩的鄰居送兩個珍貴的雞蛋,卻踩到一個地雷。我們不知道是哪一方軍隊幹的好事,但我們知道一定是男性做的。只有男人才會設計掩埋那種東西。在你離開之前,你也許可以說動露葵嘉,讓你看看她得過的獎章。」

接著,她又說:「女人都那麼沒用又缺乏想像力,不是嗎?她們只想在土裡埋一些可以開出美麗花朵或長出食物的種子。她們所能想到,可以抛在空中的飛彈,不是一個球,就是新娘捧花。」

我以無限疲累的口吻對瑪莉莉說:「好吧!瑪莉莉,你已經把話說得很清楚了。我這一輩子從來沒這麼難過過。我只希望阿諾河夠深,能讓我投河自盡。現在,我可以回旅館了嗎?」

「不,」她說。「我想,我剛才只是把男人想強加給女人的自尊回敬給你。我很希望你能留下來喝我們約好的茶。誰知道,我們也許又會成爲朋友也說不定。」

29

瑪莉莉領我到一間小而整齊的書房去，據說是她的先夫以前用來收藏男同性戀色情文學的地方。我問她那些書到哪裡去了。她告訴我她把它們賣了一大筆錢，然後分給她的僕人——那些在戰爭中都受過某種傷害的女人。

我們各自在一張十分舒適的椅子上，隔著小咖啡桌對坐。她對我深長一笑，然後說：「來，來，來，我的小學徒——怎麼樣?好久不見了。你說婚姻觸礁了?」

「我很後悔我說了那些話，」我說。「我很後悔我說的每一句話。我覺得今天什麼都不對勁。」

正在說話的當兒，一名女侍用她本來應是雙手，現在則被一對鉗取代的義手，端上茶和小點。瑪莉莉用義大利話對她說了一些話，她便大笑起來。

「你跟她說了什麼?」我問。

「我說你的婚姻觸礁了，」她說。

那名裝了鋼鉗的女人對瑪莉莉說了一些義大利話。我要求翻譯出來。

「她說你下回該和男人結婚，」瑪莉莉說。

「她的先生把她的雙手放進滾燙的熱水中，」她說，「強迫她告訴他，他因戰爭離家時，她交了哪些男朋友。她那時的戀人全是些德國人或美國人。後來，她的手就生疽壞死了。」

・・・

在瑪莉莉那個清爽的小書房火爐上方，是那幅我曾提過，來自佛羅倫斯人民所贈的丹・格瑞格利式的畫像：描述她的先夫，布魯諾伯爵，在面對火刑時依然拒絕戴上眼罩。她說事情的眞相並非如此，而且沒有一件事是如此。於是我問她是如何變成伯堂馬吉歐女爵士，擁有這座華美的宮殿，並在北方擁有大片農莊等等。

她說，當她和格瑞格利與瓊斯到達義大利時，美國尚未參戰而與義大利、德國和日本敵對，於是他們被當成大人物一般接待。他們象徵了墨索里尼宣傳上的勝利：『美國現存最偉大的畫家，最偉大的飛行員，以及無以倫比又具天分的演員：瑪莉莉・坎培，』他這麼稱呼我們，」瑪莉莉說。「他說我們三人前來參與一場義大利在精神、身體與經濟上的奇蹟，而這項奇蹟將會成爲世界的模範達千年之久。」

他們三人的宣傳價値之大，使得她在媒體與社交圈上都享有一名眞正有名的女演員應有的待遇。「於是，突然間，我不再是一個沒大腦的放蕩女子，」她說。「我是新羅馬帝國皇冠上的一顆明珠。我不得不這麼說，格瑞格利與瓊斯對這種突如其來的狀況感到困惑。他們在大眾面前只好對我更加尊重，而我則樂此不疲。當然，這個國家對金髮女子更有狂戀，因此，每回我們要走進一個場所，都是我帶頭——而他們就亦步亦趨地跟在我的後面，像侍從一般。」

「而且，學義大利語對我似乎較輕而易舉，」她說；「不久，我就比曾在紐約上過義大利

…課的格瑞格利說得好。而瓊斯當然從來沒學會過義大利話。」

瓊斯和格瑞格利在多多少少因義大利而戰死後成為英雄。瑪莉莉一方面是他們至高無上的犧牲所僅存的美麗而迷人的遺念，另一方面又被視為是美國人對墨索里尼的崇拜的代表，所以更加風光。

順便一提的是，她在我們重逢時，即使沒有上粧，而且還戴孝，依然清麗動人。在她經歷過這許多事後，原本應會變得蒼老的，但她當時卻只有四十三歲而已。還有三分之一世紀的時光可活！

而且，如我所言，除了一些成就之外，她後來還成為歐洲最大的新力公司經銷商。這名老婦看來還十分活躍呢！

而女爵士同時也在思想上十分先進。她深信男人不僅無用、愚昧而且十分危險。而她的祖國則一直到越戰最後三年才跟上她的思想。

…

丹・格瑞格利過世後，在羅馬最常伴隨瑪莉莉的，是墨索里尼在英國牛津受教的單身文化部長，英俊的布魯諾，也就是伯堂馬吉歐爵士。他有一回向瑪莉莉解釋他們之間可以沒有肌膚之親，因爲他在性方面只對男人與男孩感興趣。這樣的性傾向，在當時如果表現出來，是一大禁忌。但是伯堂馬吉歐爵士則似乎毫不忌諱地爲所欲爲。他有信心墨索里尼會爲他遮蓋一切，因爲他是舊貴族中唯一接受墨索里尼政府，並在這名剛愎自用的獨裁者手下任職的人。

「他是個十足的混蛋，」瑪莉莉說。她說人民嘲笑他的儒弱、虛榮與娘娘腔。

「他同時也是，」她說：「英國情報局在義大利最佳的首腦人物。」

・・・

在格瑞格利與瓊斯過世之後、美國參戰之前，瑪莉莉在羅馬可說是炙手可熱。她到處購物、跳舞，和爵士共舞，爵士喜歡聽她說話，而且一直是個十足的紳士。她的期望正是他所下達的命令，他從來沒有在肢體上威脅過她，而且從來沒有要求、指使過她，直到有一夜，他告訴瑪莉莉，墨索里尼命令他們兩人結婚！

「他有很多敵人，」瑪莉莉說：「而且他的敵人不斷地告訴墨索里尼，說他是個同性戀，而且是英國間諜。墨索里尼當然知道他有斷袖之癖，但絕對沒想到這個傻子會有那種智慧與膽識當間諜。」

當墨索里尼命令他的文化部長和瑪莉莉結婚以證實自己不是同性戀時，他同時還交給他一份文件要瑪莉莉簽名。那份文件是用來安撫那些無法忍受古老祖產由一名放蕩的美國女子繼承的老貴族。文件上說，如果爵士不幸身亡，瑪莉莉可以終身保有那些財產，但無權把這些家產變賣或遺留給他人。在她死亡後，所有財產將全落入爵士最近的男性親屬中手。那個，如前所述，是一名在米蘭的汽車經銷雞商。

次日，日本意外攻擊珍珠港，擊沉美國在當地大部分的戰艦，使得這個太平洋邊、反戰的平靜國度，不得不對日本的同盟，也就是德國與義大利宣戰。

・・・

但即使是在珍珠港事變之前，瑪莉莉就已經對這個唯一向她求過婚的、富有而高貴的男人說不，說她不會和他結婚。她感謝他帶給她前所未有的歡樂。她告訴他，他的求婚與附帶的文件使她深深體會一切只不過是好夢一場，一切已經到了她該重返美國的時刻了，因爲只有在那裡她才可以面對眞正的自我，雖然她在那裡連個家也沒有。

但是，次日，清晨一直爲回家而興奮的瑪莉莉發現羅馬的氣氛有異，雖然窗外依然是萬里晴空，但是她卻感到黑暗而寒冷，她在佛羅倫斯是這麼告訴我的：「忽然在午夜下起雨與雹。」

・・・

瑪莉莉當天上午在收音機中收聽到珍珠港的新聞，其中一項提到在義大利大約有七千名美國公民。還在安排運作的美國大使館，在技術上與義大利依然維持和平，宣佈使館正計畫安排運輸工具，儘快載運大家反回美國。而義大利政府則回應將盡力簡化離境過程，並宣稱並不值得太過驚慌。因爲義大利與美國在血緣與歷史上有親密的連結，並不需要爲了滿足猶太人、共產黨，或衰落的大英帝國而使這種連結遭到破壞。

後來，瑪莉莉的私人女侍走進房裡，以十分平常的口吻說某個工人想談談她臥房內那個老舊、漏氣的瓦斯管的情形，他穿了工作服並且也帶了工具箱。他敲敲牆壁，嗅了嗅，用義大利話嘀咕了一陣子。接著，當他們兩人完全單獨相處時，他還是面對牆壁，但是開始用中西部美語低聲輕語。

他說他是由美國戰爭部派來的，也就是現在的國防部在當時的名稱。當時我們並沒有獨立的間諜組織。他說他不知道她鍾情於民主或法西斯政權，但是他的職責是要求她，爲了國家，請她留在義大利，並繼續拍墨索里尼政府的馬屁。

就她個人而言，瑪莉莉興起了有生以來第一次對民主與法西斯政權的思考。她認爲民主似乎好一點。

「我爲什麼要留在這裡，做這些事？」她問。

「也許遲早妳會聽到一些我方感興趣的事，」他說。「也許遲早，但也許永遠沒機會，妳的國家終有需要妳的時刻。」

她告訴他全世界似乎轉眼間全瘋了。

他則回答她沒有一件事是突如其來的，這一切已經在牢裡或療養院裡醞釀了一陣子。

爲了告訴他這個世界突來的瘋狂，她把墨索里尼命令文化部長娶她的事告訴他，作爲一個明例。

根據瑪莉莉的說法，那人回答說：「如果妳的心中對美國有一絲的愛，妳就會嫁給他。」

這便是礦工的女兒搖身成爲伯堂馬吉歐女爵士的故事。

30

瑪莉莉直到戰爭快結束時才知道她的先生是一名英國特務。她也認爲他懦弱而愚昧，但因爲他們共同生活十分如意，而他也一直善待她，所以便原諒了他。「他總是對我說一些愉悅、親切的誇讚之詞。他眞的喜歡與我爲伴。我們兩人都愛跳舞，跳舞。」

於是我的生命中又有另一個女人是舞癡了。她願意和任何人共舞，只要那人舞技高明即可。

「妳從來沒有和丹・格瑞格利跳過舞，」我說。

「他不肯，」她說：「你也不肯。」

「我不會，」我說我：「從來不會跳舞。」

「每一個想跳舞的人都學得會，」她說。

・・・

她說她對她的先生是英國間諜的消息幾乎一無所知。「他有各種場合穿的制服，而我從來不管它們是否有特殊含意。制服上大都是我根本不想去解意的徽記。我從來不會問他：『布魯諾，你爲什麼要戴這個獎章？你袖子上的老鷹代表什麼？你領扣上的兩個十字有什麼意義？』因此，當他告訴我他是一名英國間諜時，對我而言只不過像那戰爭上的垃圾珠寶而已。幾乎和我或他都不相干。」

她說當他被射殺時，她以爲自己會感到異常空虛，但卻沒有。後來她發現自己生命中眞正的同伴與朋友是義大利人民。「不論我走到哪裡，他們都和言悅色地與我交談，拉伯，而我也愛他們，根本不管他們身上戴的是什麼垃圾徽章。」

「我在這十分**舒適**，拉伯，」她說。「如果不是丹·格瑞格利的神經質，我永遠沒機會到這裡。我得感謝那個由莫斯科來的亞美尼亞人的腦筋短路。我在這裡樂不思蜀，樂不思蜀。」

．．．

「現在，來談談**你**這幾年的生活吧，」她說。

「基於某種原因，我覺得自己十分沮喪無聊，」我說。

「噢，算了吧，」她說。「你失去一隻眼睛，結了婚，生了兩個孩子，而且又重拾畫筆。生活如此，想必十分多采多姿吧？」

我告訴她，自從許久以前我們的聖派翠克節做愛後，當然發生了一些事件，但只有少數幾件使我感到驕傲與快樂。我常在西達小館裡向我的酒友們講述一些軍中的奇聞軼事，所以我也把這些事告訴她。她有一個完整的生活，而我只有一些斷續累積的軼聞。她在此樂不思蜀，視之爲家鄉，而家鄉對我而言，則永遠遙不可及。

・・・

老兵軼事之一：「當巴黎解放時，」我說：「我去找畢卡索，也就是丹・格瑞格利所說的魔鬼——想確定他是否安然無恙，」我說。

「他**砰地**一聲把門打開，裡面還上了門鏈，告訴我他很忙，不希望被打擾。當時還可以聽見幾條街外有槍聲隆隆。但是他說完後，就關上門，再度上鎖。」

瑪莉莉笑著說：「也許他知道我們以前的主子是怎麼批評他的。」她說如果她知道我還活著，她會保留義大利雜誌上一幅只有我們兩人才能完全懂得欣賞的畫片。那幅畫片裡，是畢卡索以美國香菸廣告的海報剪貼而成的拼貼。他把原先是三個牛仔圍著營火在夜裡的海報，重新拼湊成一隻貓。

在全世界的藝術家中，可能只有我和瑪莉莉，才能辨認出那幅被損毀的海報的畫者便是丹・格瑞格利。

這件事作爲茶餘飯後的談笑材料如何？

・・・

「也許，這正是畢卡索唯一留意過美國史上最受歡迎的藝術家的時刻，」我猜測說。

「也許吧，」她說。

．．．

老兵軼事之二：「我在戰事即將結束時被捕，」我說：「我先被送到醫院包紮，然後送往德勒斯登南方的戰俘營，那裡根本就已糧食短缺了。在德國的一米一粟全都已經消耗殆盡。於是，我們全都變得愈來愈瘦，但只有一個人例外，那就是我們選出來為我們均分食物的人。」

「他從來沒有分食物給自己過。我們看著食物送來，然後他在我們面前把食物分配好。但是，在我們逐漸變成皮包骨的同時，他不知怎麼地，總是看起來光鮮悅目。」

「他是不經意地被他用刀子與勾子撈起掉在桌上的碎屑殘羹所餵飽的。」

順便一提的是，這種類似的無辜現象，同樣也解釋了我住家海灘附近的鄰人富裕的成因。他們因為他們的**值得信賴**而掌管了這個幾近破產的國家僅餘的大筆財富。這些財富裡有一小部分註定是要由他們忙碌的手中與運作中落入他們的口中的。

．．．

老兵軼事之三：「五月的某一天，」我說：「我們行軍出營，到達鄉間。大約在凌晨三點時被叫住，並受命盡力在星光下安睡。」

「清晨，當我們醒來時，我們發現我們正在離一座古老的石砌瞭望台廢墟不遠的山谷邊。

在我們下方那塊不知名的農莊上，則是成千上萬和我們一樣，被守衛帶來『甩』了的犯人。他們不止是戰俘，還包括由集中營、奴工營、一般罪犯監獄及療養院中帶出來被放鴿子的犯人與病人。這件事的目的是要把我們帶到離城市愈遠愈好的地方放生，以免把城市搞得天翻地覆。

「那裡還有一些平民百姓。這些百姓由俄國、美國與英國的邊界逃來。這兩方的邊界正交會於我們被放鴿子的南方與北方。」

「此外，還有一些身著制服的德軍，手上還持著隨機待發的武器，但十分馴服和善，等著向可以投降的人投降。」

「眞是個和平的國度，」瑪莉莉說。

・・・

我把話題由戰爭轉向和平。告訴瑪莉莉在長久中斷後，我又重拾畫筆。並且，出乎我個人意料之外，成爲一名足以使丹・格瑞格利由埃及的墳墓中跳起來的嚴肅畫家，畫出世上前所未見的作品。

她以一種恐慌的嘲諷語氣說：「拜託——別再提藝術了，」她說：「那是一個我一旦陷入便無法自拔的泥沼。」

但是她卻體貼地聽我談起我們在紐約市的那一群傢伙，我們所作的畫只有一點相似，那就是：它們除了本身以外，都不代表其他意義。

當我全說完時，她歎了口氣並且搖著頭。「這正是一名畫家能對畫布所做的令人最不可思議的事，所以你們這麼**做**了，」她說：「而讓美國人來爲此壯舉劃下句點。」

「我可不希望這是我們目前所做的事，」我說。

「我很希望這**正是**你們目前所努力的方向，」她說：「在男人爲這個星球上的女人、小孩，以及其他無法抗拒他的事物做了那些事後，已經到了他們向世人說：『我們對這個地方而言太可怕了。我們放棄了。不做了。結束。』的時刻。而且不止是畫，男人所作的每一首樂曲、每一座雕塑、每一齣戲、每一首詩、每一本書都應該這麼表示！」

・・・

她說我們意外的重逢對她而言是受到幸運之神的眷顧。因爲我可能可以解決困擾她心中數年的室內設計問題，那就是：如果有可能，她應該要在圓形大廳廊柱間空白的長方格中放什麼畫呢？「我想在我還保有這個地方時留下一些標記，」她說：「而我認爲圓形大廳正是最合適的場所。」

「我想請一些婦人與小孩畫有關死亡營、廣島轟炸、埋設地雷，或許還有古代女巫被焚身，以及基督教徒遭野獸吞噬的壁畫，」她說。「但是我想，這類的畫面，只會使男人更具破壞性而且殘忍，使他們認爲：『哈，我們和諸神一般威力強大，如果我們**決定**做出極端的驚人之舉，想必也沒有任何事物能阻止我們。』」

「因此，拉伯，你的主意更好。讓男人在走進我的圓形大廳時，都無法在他們眼睛水平線的範圍看見任何具鼓勵含意的東西。讓牆壁哭喊著：『結束，結束！』」

・・・

這因此形成了美國抽象表現主義者作品的第二大收藏的由來——第一大收藏歸我所有，租倉庫的帳單多到使我們和妻小差點得靠救濟金度日，再加上沒有人願意以任何價錢買這些畫，使情形更嚴重！

瑪莉莉連看都沒看就訂了十幅——由我來挑選，每幅一千元。

「你在開玩笑！」我說。

「伯堂馬吉歐女爵士從來不開玩笑。」她說。「而且我和曾住在這裡的每一個人一樣高貴而富有，所以，你就照著我的話做吧。」

於是，我照做了。

・・・

她問我們這個團體是否有一個名稱來稱呼自己，但我們沒有。最後是由批評家爲我們命名的。她說我們應該自稱是「創世紀黨」，因爲我們是回歸太初，連命題都尙未出現的時代。

我覺得這個主意不錯，決定回家後向大家推銷。但卻一直無法完全被接受。

・・・

瑪莉莉和我相談數小時之久，直到天黑爲止。最後她說：「我想我該走了。」

「聽起來就像十四年前聖派翠克節時妳對我說過的話一般，」我說。

「我希望這次你不會很快就把我忘了，」她說。

「我從來沒有忘記妳，」我說。

「你忘了爲我擔心，」她說。

「我向妳保證，女爵士，」我站起來，「我不會再忘記了。」

那是我們最後一次相會。雖然，我們後來通過幾封信。我由檔案中挖出其中一封。那封信的日期是在我們重逢後第三年，一九五三年的六月七日。信中提到我們終究無法畫出虛無，因爲她很輕易地便能由每一幅畫中看出混沌的太初。當然，這只是個令人愉快的玩笑。「把這句話告訴創世紀黨的其他黨羽吧，」她說。

我回她一封電報，自備存檔一份。內容是：「即使是混沌太初也不應該在畫中，我們會前去把太初除掉。我們生氣了。聖派翠克。」

・・・

最新消息：保羅・史賴辛格自願前往河頭的榮民醫院精神病房。我當然不知道該怎麼對付他的身體不斷往他血管中拋入的化學物質，而甚至連他自己都覺得自己瘋了。伯曼夫人非常高興他的**離去**。

以後最好還是由山姆大叔來照顧他吧！

31

在所有令我感到可恥的事件中，最令我這顆老邁的心感到惴惴不安的，便是我成爲良善而勇敢的桃樂絲失敗的丈夫，以及對我的親生骨肉，亨利與泰瑞的長期疏離。

在最後的審判日來臨時，那本春秋大書裡的拉伯・卡拉貝金安後面會寫些什麼呢？

「軍人，優異。」

「丈夫與父親，哼！」

「畫家，哼！」

・・・

我由佛羅倫斯回來時，有一大堆帳單待付。良善而勇敢的桃樂絲外加兩個男孩，得了一種新型流行性感冒，大戰後的另一項奇蹟。一名醫師來看過他們，而且還會再來。樓上的婦人則照顧他們的飲食。我們都同意在桃樂絲恢復健康之前，我不能進門，我最好到自己和泰瑞・奇峻在中央廣場租的工作室住幾天。

如果我們當時能決定讓我留在外面數百年，那將是多麼明智！

「在我離開之前，我想告訴你一些眞正的好消息，」我說。

「我們不必搬到那個杳無人煙的鬼屋子去？」她說。

「不是，」我說。「你和孩子一定會愛上那裡的，那裡有海洋和新鮮的空氣。」

「有人在那裡給了你一份固定的工作？」她說。

「不，」我說。

「但是，你總得找一份工作吧，」她說。「你得回去取得我們都爲它犧牲很多的商學學位，並且把好公司的門敲破，直到他們願意雇你爲止，然後我們就會有固定的收入了。」

「親愛的，聽我說，」我說。「我在佛羅倫斯賣了價値一萬元的畫。」

我們那個位於地下室的公寓，彷彿是舞台佈景的儲藏室，裡面有許多大型的畫作——都是畫家們用來抵債拿來的。於是。她就說了這個笑話作結論：「這麼說你得進牢了，」她說，「因爲我們這裡連値三塊錢的畫都沒有。」

我使她過得極不快樂，她因此培養出嫁給我之前所沒有的幽默感。

．．．

「你應該要三十四歲了，」她說。而她本人則是二十三歲！

「我**是**三十四歲呀！」我說。

「那就得表現得像個三十四歲的人，」她說：「表現得像一個不久就要四十歲、有妻有兒有家室的男人。否則四十歲一過，人家只會雇他來壓垃圾、加汽油而已。」

「你終於把話說清楚了，對吧？」我說。

「不是我愛說這些話，」她說：「但是生活就是這樣。拉伯，我當初嫁的人怎麼了？我們對美好的人生本來有那麼美好的計畫，後來，你就遇上這些人——這些酒鬼。」

「我一直都想當一名藝術家，」我說。

「但是你從來沒有告訴過我，」她說。

「我以前認爲不可能，」我說：「但是，現在我又燃起希望了。」

「太遲了——而且對一名有家室的人而言也太冒險了。清醒吧！」她說。「爲什麼你不能以有一個美好的家庭感到滿足？大家都可以。」

「我再跟你說一遍，」我說：「我在佛羅倫斯賣了一萬元的畫。」

「那會像其他事情一樣行不通的，」她說。

「如果妳愛我，妳就會對我成爲一名畫家有信心，」我說。

「我愛你，但是我恨你的朋友和你的畫，」她說：「而且我爲自己和孩子的未來擔心得要命。拉伯，戰爭已經結束了。」

「那是什麼意思？」我問。

「你不必再爲不可能成功的傻事、大事或危險的事去奮鬥，」她說。

「你已經得到每一個人想得到的所有獎章了。你不必去征服法國。」最後一句話是針對我們希望紐約市取代巴黎成爲世界藝術首都的宏願而說的。

「他們反正是站在我們這邊的，不是嗎？」她說。「你何必去征服他們呢？他們做過對不起你的事嗎？」

當她問我那句話時，我已經走出公寓了，因此她要結束對話只需要做那一件畢卡索曾對我做過的事：關上門，上鎖。

我可以聽見她在屋內哭喊。可憐的傢伙，可憐啊！

・・・

那是黃昏時刻，我提著手提箱到我和泰瑞・奇峻的工作室。泰瑞・奇峻正在他的吊床上酣睡。在我叫醒他之前，我瀏覽了他在我離開期間的作爲。他用他當紐約中央鐵道公司總裁的祖父所傳下來的象牙柄刮鬍刀把所有的畫都割破。當然，藝術界是不會因他割破的那幾幅而更加困窘的，反正並非高明之作。我當時只是想著：「他沒順便割腕已算奇蹟了。」

在那裡酣睡的，是一個非常漂亮的盎格魯薩克遜人。就像富萊德・瓊斯是丹・格瑞格利故事插畫中完美的美國英雄一般。而當我們一起出現在某些場合時，我們看起來**確實**像瓊斯與格瑞格利。不止如此，更矛盾的是，泰瑞・奇峻就像瓊斯尊敬格瑞格利一般地尊敬我！瓊斯是一名正牌的可愛呆頭鵝，但是我親愛的死黨，在那裡酣睡的那一位，卻是一名堂堂的耶魯大學法學院畢業生，一個有能力成爲一名職業鋼琴家、網球選手，或高爾夫球選手的人。

他在繼承那把刮鬍刀時，也同時繼承了全部的天分。他的父親是第一流的大提琴手、西洋棋手以及園藝家，同時還是一名公司律師，一名爲黑人爭取民權的先鋒。

我這位酣睡的死黨在軍中的階級也比我高，他是傘兵部隊的中校，而且是一名眞驍勇善戰的人！但是他卻選擇崇拜我，因爲我能做一件他永遠辦不到的事，那就是把眼中所見的東西畫得十分寫實。

至於我在工作室中的作品，那幅我可以深陷其中數小時之久的一大片顏色：它意味著一個起步，我原本預期它會隨著我緩慢但確實地接近那個長久以來躲開我的東西，而變得日趨複雜。那東西就是：靈魂，靈魂，靈魂。

・・・

我叫醒他，告訴他我要在西達小館請他吃一頓早一點的晚餐。我並沒有告訴他我在佛羅倫斯做成的交易，因爲不可能有他的份。而他則得再過兩天才會握上那隻噴槍。

在伯堂馬吉歐女爵士過世時，她已因緣際會地收藏了十六幅泰瑞・奇峻的作品。

・・・

「早一點的晚餐」也代表早一點的酒。那時已有三名畫家出現在我們常坐的那張小館裡面的桌邊了。我打算稱他們爲畫家甲、乙和丙。爲了不使那些急於稱第一代抽象表現派是一群醉鬼狂夫的反對者有機可乘，我想先說明有哪些人**不屬於**這三人之中。

這些人**不屬於**，我再重複一次，**不屬於**這三人之中的人包括：威廉・巴瑟阿特（William Baziotes）、詹姆斯・布魯克（James Brooks）、庫寧、高爾基，不過他當時早已過世、葛特列伯、加斯頓、霍夫曼、巴奈・紐曼（Barnet Newman）、帕洛克、艾德・萊茵哈特（Ad Reinhardt）、羅斯可、克里福特・史堤耳（Clyfford Still）、錫德・所羅門（Syd Soloman）或布萊第・湯姆林（Bradley Walker Tomlin）。

好吧，帕洛克當天會出現，但他當時正禁酒，所以他未發一語，而且很快地就回家去了。在那裡有一個人，就我們所知，並不屬畫家之列。他是一名裁縫，名叫伊沙朵・芬克斯坦，他的店就在小館的上方。幾杯下肚之後，他也能和畫家一樣評圖論畫了。據他所言，他的祖父是維也納的裁縫，在第一次大戰前曾爲畫家克林姆作過幾套西服。

於是，我們接著討論，爲什麼我們已引起一些評論家的注意，又促使《生活》雜誌採訪帕洛克，爲他作專訪，但卻還無法以畫爲生？

我們的結論是，一定是我們的衣著使我們無法出人頭地。那是一句玩笑話。我們所說的話，多少都有玩笑的成分。我至今依然不明白，爲什麼才六年的時光，就使得帕洛克與泰瑞・奇峻後來都變得那麼嚴肅。

史賴辛格當時也在場。我們就是在小館裡認識的。他當時正在爲一篇有關畫家的小說收集材料——屬於他從未動筆的數十篇小說中的一篇。

當晚聚會結束前，我記得他對我說：「我實在無法理解你們這群傢伙怎麼可能既有滿腔熱情，卻又一點也不嚴肅。」

「每一件和生命有關的事都只是玩笑。」我說：「難道你不知道嗎？」

「不知道。」

・・・

芬克斯坦表示願意爲每一位認爲有衣著困擾的人解決困難。他願意以一小筆訂金外加一份可行的分期付款方式來爲大家製衣。於是，我接著所看到的景觀，便是畫家甲、乙、丙、我，以及泰瑞・奇峻全上樓到他的小店中量製西服。帕洛克與史賴辛格也上樓上，但是只是作爲旁觀者而已。大家都沒錢，於是，我就用我在佛羅倫斯剩下的旅行支票爲大家付訂金。

畫家甲、乙、丙則在次日下午以畫作償還訂金。自從畫家甲在收容所不小心引起火災而被逐出後，我就給了他一把我的公寓的鑰匙。於是，他和其他兩名畫家就自己把畫運到我的住所，並在可憐的桃樂絲反抗之前及時逃離。

・・・

芬克斯坦在大戰期間是一名眞正的大殺手，泰瑞・奇峻也是。而我則從來就不是。

芬克斯坦在巴頓將軍的第三軍團中擔任坦克砲手。當他滿口別針爲我量製那套我至今還保有的西裝時，他告訴我在歐戰結束兩天前，一名帶著火箭砲的男孩把他的坦克車炸毀的往事。

於是，他們就開槍射殺了他。後來才發現他只是個孩子。

・・・

令人吃驚的是：三年後，當芬克斯坦因心臟病突發而亡時，也就是當我們的經濟情況漸趨好轉時，我們才發現他一直都是一名祕密畫家！

他年輕的寡婦瑞秋，我現在想來覺得和塞西・伯曼十分神似，爲他在店裡做過一次個展之後，就把裁縫店永遠關閉了。他的作品保守但強烈：儘量做到具代表性，一如他戰時的英雄同伴邱吉爾與艾森豪所表現的一般。

和他們一樣，芬克斯坦對繪畫樂在其中。和他們一樣，芬克斯坦讚賞現實。這就是大器晚成的畫家，伊沙朵・芬克斯坦。

・・・

在我們量完衣服之後，我們又重回小館吃、喝、聊，聊，又聊。有一名年約六十歲，看起來富有又體面的老紳士也加入了我們的陣容。我從來沒見過這位老先生，而就我觀察，在場其他人士也沒有見過他。

「聽說你們都是畫家？」他說。「你們介意我坐在這裡聽你們談談嗎？」他坐在我和帕洛克中間，面對著泰瑞．奇峻。

「我們大部分都是畫家，」我說。我們並不想對他無禮，因爲他有可能是一名藝術收藏家，或是一個重要美術館的董事之一。我們知道那些評論家或是掮客的嘴臉。很明顯地，他看起來十分誠懇而不像從事這種沒分量的工作的人。

「你們大部分都是畫家！」他重複著。「啊！這麼說，最簡單的方式，就是由你們自己來告訴我那些人**不是**畫家。」

芬克斯坦與史賴辛格於是表明身分。

「喲，我猜錯了，」他說。他指著泰瑞．奇峻說：「我以爲他雖然衣衫襤褸，實際上卻不是一名畫家。也許是一名音樂家、律師，或是一名職業運動員。一名畫家？看來我眞是被他欺瞞了。」

我想，他想必是一個具眞知灼見的人，才能把泰瑞．奇峻看得那麼透徹精確。而且，他一直把注意力放在奇峻身上，好像在閱讀他的心事一般。爲什麼他會對一個連一幅最有趣的作品都尚未畫出的人感興趣，而忽視了就坐在他身旁，作品曾引起廣大迴響的帕洛克？

他問泰瑞．奇峻是否曾在戰時服過役？

泰瑞．奇峻說是，但並未再細述。

「戰爭服役是否促使你決定成爲一名畫家？」老紳士問。

「沒有，」奇峻回答。

史賴辛格後來告訴我，他覺得戰爭使泰瑞・奇峻感到困窘。因爲他以前輕易地就彈一手好琴、上最好的學校、擊敗大多數的對手、很快地便當上中校等等。「戰爭使他學會了眞實的生活，」史賴辛格說：「於是他在少數幾個他無法有所表現的領域中，選了一項。」

泰瑞・奇峻也對問話者回答了類似的答案：「繪畫對我而言，有如聖母峰，」他說。當時還沒有人征服聖母峰。直到一九五三年，也就是芬克斯坦下葬並辦個展的那一天，才有人登上聖母峰。

老紳士於是靠著椅背坐好，似乎對這個答案較爲滿意。

但是，就我的觀點而言，他後來的問題就涉及個人隱私了。他問泰瑞・奇峻是否經濟獨立，或是由他的家庭支持他從事這一項堅苦的攀登工作。我深知如果泰瑞・奇峻能比他的雙親活得更長的話，他一定會十分富裕，而他的父母也拒絕給他任何經濟援助，希望能迫使他開始執業當律師或走入政壇，或走進華爾街，因爲這些工作的成功都是屈指可期的。

我認爲這些事不干那老紳士的事，而且我也希望泰瑞・奇峻能這麼告訴他。但是，泰瑞・奇峻把他的處境全告訴那位老先生——而且在他回答完畢時，還露出準備回答任何問題的表情，不管什麼問題都不在乎。

下一個問題是：「想必你結婚了吧？」

「沒有，」奇峻說。

「但是你喜歡女人吧？」老紳士問。

他所問的這位先生，在戰爭結束之前，可以說是這個星球上最大的花花公子。

「先生，在我人生目前這個階段，」奇峻說：「我對女人而言是浪費時間，而女人也浪費我的時間。」

於是老人起身。「謝謝你對我如此坦白有禮，」他說。

「我儘量，」泰瑞・奇峻說。

老人於是離去。我們議論猜測著他的身分與職業。我記得，芬克斯坦說，不管他是誰，他的衣服是英國製的。

・・・

我說我第二天得去借或租一部車——把我在這裡租的房子整理好，以便家人居住。我還想再瞧一眼我所租的馬鈴薯倉。

泰瑞・奇峻問我他是不是能一道前來，我告訴他：「沒問題。」

於是，那枝噴槍正在夢淘客等著他。一切都是命中註定！

・・・

那天，在我們睡上吊床之前，我問他有沒有一點跡象可以猜出那位不斷追問他個人問題的老先生會是誰。

「我可以大膽地猜測一番，」他說。

「是誰呢？」我說。

「我可能沒猜對，但是我想也許是我爹，」他說：「看起來像我爹，聽起來像我爹，穿著像我爹，還像我爹一樣說一些怪笑話。我像一隻兀鷹一般盯著他，拉伯，然後我告訴自己：『這個人要不是學得維妙維肖，就必定是那個生養我的爹。』你很聰明，而且你是我唯一也最要好的朋友。告訴我：如果他只是巧扮成我爹的樣子，那他到底是在玩什麼把戲呢？」

32

我後來爲泰瑞・奇峻，以及我命中註定的小屋租了一部卡車，而不是客車。談到命：如果我當時租的不是卡車，泰瑞・奇峻也許已經在執業當律師了。因爲，我原本打算租的轎車是無法容納噴槍的。

我經常，天知道，也許不夠盡力吧，希望能稍稍減輕我的妻子與家人在生活上的不愉快，而那部卡車即是一例。我至少能把那些畫作全移出公寓，既然這些畫使可憐的桃樂絲即使身強體壯，也會感覺自己病得像條狗。

「你該不會想把它們搬到新房子裡吧？」她說。

我正打算想這麼做。我一向不善於規劃未來。但是我說：「不會。」我想到另一個方案，可以把它們放進馬鈴薯倉，但我沒有說出來。我甚至沒那個勇氣告訴她我還租了一個馬鈴薯倉。但是，不知怎麼地卻被她發現了。她後來也會發現，我在前一天甚至還爲畫家甲、乙、丙、我自己以及泰瑞・奇峻以最好的材料與手工各作了一套西裝。

「把它們全放進馬鈴薯倉吧，」她說：「把它們全埋在馬鈴薯底下。因爲馬鈴薯至少還有點用。」

．．．

那部卡車應被武裝起來，置於州警的保護之下，因爲它曾運載過如今那麼値錢的作品。我個人在當時就認爲它們有價值，但是當然沒想到會變得**那麼**有價值。因此，我無法狠下心來把它們放進一直以來只收藏過馬鈴薯、土，細菌，以及愛攀附在畫上的黴菌的地方。

於是，我改在甜蜜的家庭搬家與儲物公司租了一個乾燥、清潔而有鎖的位置。這幾年來的租金消耗掉了我大部分的收入。我依然改不了在我金錢或能力行有餘力時，幫助我那些極待援助的畫家伙伴的習慣，然後再讓他們以畫作來抵債。但是，至少桃樂絲不必再承受這種習慣的後果了。每一幅用來抵債的畫都直接由急需錢救急的畫家的工作室直接送往甜蜜的家庭。

當我和泰瑞．奇峻終於把畫作由公寓搬出來，桃樂絲在分手時對我們說：「我唯一對漢普敦滿意的地方是：你常常會看到寫著『公有垃圾場』的標示。」

．．．

如果泰瑞．奇峻眞的是我這個丹．格瑞格利的富萊德．瓊斯，那就應該由他來駕駛那部卡車。但是他卻是乘客，而我是司機。他自幼就慣於由司機來駕駛，因此他連想都沒想就鑽進乘客座。

我談論著我的婚姻、戰爭、經濟大蕭條，以及他與我和典型的退伍軍人相比，看起來老多少等等雜事。「我早該在幾年前就生養家庭、安定下來才是，」我說。「但是，在我適婚期間，我又怎麼能成立一個家庭？我當時沒認識什麼女人。」

「電影中所有的退役軍人都和我們年紀相仿，或者老一點，」他說。這是眞的。「你很少在電影上看到那些眞正在沙場上衝鋒陷陣的毛頭小孩。」

「是呀——」我說：「而且電影裡大部分的演員也都沒有打過仗。他們只是對著鏡頭打打空包彈，然後他們身旁的人全沾上蕃茄醬後，就結束了可怕的一天，回到老婆、孩子、游泳池邊了。」

「五十年後的孩子會認爲，我們所經歷的戰爭就是那樣，」泰瑞・奇峻說：「老頭子、空包彈和蕃茄醬。」他們會這麼想。而他們現在確實是這麼想。

「由於電影的影響，」他預測，「沒有人會相信眞正參與戰事的都是些毛頭小孩。」

・・・

「人生的三年，」他指的是戰爭那三年。

「你老是忘了我是正規軍，」我說。「所以對我而言是八年。我年輕的歲月就這樣消失了，老天，我還沒過夠呢！」可憐的桃樂絲以爲她嫁的是一個成熟如父的退役紳士，沒想到卻是一個無可救藥的自我中心者，年僅十九歲左右，沒教養的混球。

「我沒辦法控制自己，」我說。「我的靈魂知道我的肉體正在做壞事，而且感到十分羞愧。但是，我的肉體還是繼續做那些又壞又傻的事。」

「你的什麼和什麼？」他說。

「我的靈與肉，」我說。

「它們是分開的？」他說。

「我當然希望它們是分開的，」我說。我大笑。「我可不想爲我的肉體所做的事負責。」

我半開玩笑地告訴他，我把每一個人的靈魂，包括自己的，都當成是一種具伸縮性的內部霓虹管。管子所做的，就是吸收它所無法控制的肉體所發生的消息。

「因此，如果我愛的人做了一些可怕的事，」我說：「我就只要剮了他們，然後原諒他們。」

「**剮了**？」他說。「什麼是**剮了**他們？」

「就是鯨夫把鯨拖上船後的做法，」我說。「他們會把皮剝開，然後直搗鯨油與鯨肉，直至鯨骨爲止。我只在腦中這樣處理人——把他們的肉全剮光後，就只會剩下靈魂而已。然後，我就能原諒他們。」

「你到底是從哪裡學來這個**剮**字的？」他說。

我告訴他：「是在一本由丹・格瑞格利畫插圖的《白鯨記》。」

・・・

他則談著他的父親，順便一提的是，他的父親至今還活著，才剛過完百歲誕辰，眞是不得了。

他十分崇拜他的父親。他還說他從來不想和他競爭，不想在任何方面打敗他。「我可不喜歡那樣，」他說。

「不喜歡什麼？」我說。

「不喜歡打敗他，」他說。

他說當他還在耶魯法學院求學時，詩人康瑞德・愛肯（Conrad Aiken）曾到校演講。愛肯說天才老爹的兒子走進他父親活躍的領域，但應該朝他的父親較弱的方面發展。愛肯的父親是一名偉大的醫師、政治家以及好情人，但他還自認是一名很好的詩人。「他的詩一點也不高明，因此愛肯就變成一名詩人。」泰瑞・奇峻說。「我永遠沒辦法這麼對付我老爸。」

・・・

而六年後泰瑞・奇峻對他的老爹所做的，就是在離這裡六哩左右、他那個陋室的前院開槍射殺他的老爹。當時泰瑞・奇峻就和平常一樣，喝得酩酊大醉，而他的父親則又來勸他接受酗酒治療。雖然永遠無法證實，但是泰瑞・奇峻所用的那一槍原來可能只是裝個樣子，嚇嚇他父親而已。

當泰瑞・奇峻看到自己眞的把父親擊倒、打中肩膀後，他只好把手槍口塞進嘴裡，對自己開了一槍。

那是一場意外。

・・・

也就是在那一次命中註定的卡車之旅，我第一次見到艾蒂斯・費爾班，我的第二任妻子。我和她的先生討價還價穀倉的租金。當時，我覺得費爾班先生是一位和藹、無用但無害的浪費生命者。但在後來我成爲艾蒂斯的丈夫後，他就成爲我心目中不斷學習的範本。

她那時手裡抱著一隻溫馴的浣熊。她是一名神奇的馴獸師，幾乎所有的動物都能馴服。還是一名對任何動物，甚至看起來半死不活的動物極端熱愛、一視同仁的自然主義者。那正是當我如一名隱士般住在馬鈴薯倉時，她對我的態度。她需要一個新丈夫：於是她用一些自然詩篇來馴服我，還在我的拉門外放些好吃的食物來餵養我。我想，她也把她的第一任丈夫當成一種可愛而聽話的傻動物在馴養。

她從來沒有提過她認爲他是什麼動物。但是我知道她認爲我是什麼樣的動物，因爲她在我們的婚禮一過，就告訴一名來自辛辛那提的女親戚。當時我正穿著芬克斯坦所裁製的西裝，她說：「介紹你認識我養的浣熊。」

・・・

我也將穿那套西裝下葬。我在遺書中是這麼寫的：「我將在綠河墓園，安葬於艾蒂斯身邊，身上要穿著那套繡著：『拉伯・卡拉貝金安訂製，伊沙朵・芬克斯坦製作』的深藍色西服。」那套衣服可眞經久耐穿。

・・・

反正——這些事都還早，但是其他的事卻彷彿轉瞬即逝，包括塞西・伯曼。她完成了她的作品，在兩週前返回巴爾的摩。

她在這裡的最後一夜，曾要我帶她共舞，但是我再次拒絕了。我帶她到沙格港的美國飯店用晚餐。雖然沙格港今天已成旅遊重鎮，但昔日則是一個捕鯨港。你還可以在港邊看見那些勇敢的船長的大宅。他們由沙格港繞過南美洲的小尖端到達太平洋，成爲百萬富翁後榮歸。

飯店的大廳有一本旅客登記簿，顯示飯店是在殺鯨事業鼎盛時期開幕的，在今天則當然不是個光彩的日子。一八四九年三月一日。當時，伯曼的祖先還在俄羅斯帝國，而我的祖先則在土耳其帝國，可能都與這些人爲敵。

我們大吃龍蝦，並適度飲酒以便打開話匣。現在大家都說，需要酒是一件壞事，而事實上，早在我成爲一名隱士之時就已滴酒不沾了。但是，在伯曼女士即將離去的前夕，我的心情十分矛盾，如果沒有酒精的幫助，我可能會呆若木雞。但是，我當然不會喝酒駕車，而她也不會。以前十分流行酒後駕車，但是現在不了，不流行了。

因此，我雇了莎萊斯的一位男性朋友用他父親的車載我們去飯店，再接我們回來。

・・・

簡而言之一句話：我很捨不得她離開，因爲有她作伴十分令人興奮。但是，她有時候也會走火入魔，到處指揮他人。因此，我也很高興她的離開。因爲，在我的書本將近尾聲的同時，我希望能換個口味，過平靜安詳的日子。換句話說，雖然同處一個屋簷下數月之久，我們只算是熟人。稱不上是什麼了不得的好朋友。

但是，一旦我把馬鈴薯倉的東西給她看後，事情又會改觀了。

是的，沒錯：這個意志堅定的巴爾的摩寡婦在離開之前說服這個亞美尼亞的老怪物打開馬鈴薯倉的鎖和照明燈。

我能得到什麼回報呢？我想，我們現在眞的是朋友了。

33

當我們由美國飯店回來後，她對我說的第一件事是：「有一件事你不必擔心，我再也不會吵著和你要馬鈴薯倉的鑰匙的。」

「謝天謝地！」我說。

我想，她當時已經確信，在那一夜結束前，無論如何，她都會看到馬鈴薯倉裡的東西。

「我只想請你幫我畫一幅畫，」她說。

「做什麼？」我說。

「你是一位十分謙虛的先生，」她說：「謙虛到大家都眞的以爲你什麼也不會。」

「除了僞裝以外，」我說：「你忘了僞裝了。我曾得到總統公報褒獎。我們那一排兵最擅長僞裝。」

「好吧——僞裝，」她說。

「我們非常善於僞裝，」我說：「以至於時至今日，有半數我們掩敵人耳目的僞裝都還沒有被發現。」

「這不是事實，」她說。

「我們正在辦慶祝會，所以所有在會場上所說的都不是眞的，」我說：「這樣才像一個慶祝會呀！」

「你要我回巴爾的摩而發現你所說的大半都不是眞的？」她說。

「關於我的每一件不假的事，想必妳在現在之前全都知道了，因爲妳已被賦予足夠的權力深入探查了，」我說。「而現在只是一個宴會。」

「我還是不知道你到底會不會畫畫？」她說。

「別爲這事煩心，」我說。

「聽你說了這些，這已經是你的生命的底線了，」她說：「畫畫和僞裝。你不是個好的商業藝術家、好的純藝術家、好丈夫與父親，而且你那些了不起的收藏也只是一種偶然。但是你一直提到有一件眞正使你感到驕傲的事：你會畫畫。」

「這倒是實話，」我說。「我從前沒注意到，但是現在經妳一提，我倒是想起來了。」

「那你就證實它吧，」她說。

「那只是誇了一個小小的口而已，」我說。「我又不是阿布萊特・渡海（Albrecht D?rer）——或是帕洛克或泰瑞・奇峻。我天生就有這一點本領，但是如果拿它和那些現存或已逝的大畫家相提並論，又十分微不足道了。我在加州聖・伊格納修的小學與中學被當成天才。如果我活在一萬年前，我也會成爲法國拉斯可洞穴中那些山洞人中的天才——那裡的繪畫技巧大約和聖・伊格納修同一水準。」

・・・

「如果你的書眞的出版了，」她說：「你至少得放進一張圖片來證實你的繪畫能力。讀者一定會這麼期望的。」

「可憐的傢伙，」我說。「像我這般老邁，所遇到的最糟的事是——」

「你並不算老，」她說。

「夠老了，」我說。「最糟的事就是，不管你和誰說話，永遠都繞著那個老話題打轉。史賴辛格認爲我不會畫，我的第一任妻子認爲我不會畫，我的第二任妻子不在乎我會不會畫，我只是她在馬鈴薯倉裡養的浣熊，後來被帶進屋裡，成爲家中的寵物而已。而她熱愛動物，根本不在乎牠們會不會畫畫。」

・・・

「當你的第一任妻子認爲你根本不會畫時，你怎麼回答她？」她說。

「當時我們才剛搬到她半個人也不認識的鄉下，屋子裡沒有暖氣，於是，我嘗試用三個壁爐使屋裡溫暖一點——就像我們的先祖所採用的方法一樣。桃樂絲終於決心學一點藝術，嘗試去品味藝術，因爲她跟了一個藝術家。她從來沒看我畫過——因爲當時我以爲不動手畫、而且把我對藝術所知道的一切全拋到腦後，是我成爲一名純畫家的關鍵。」

「因此，桃樂絲坐在熱氣翻騰出暖氣管而無法流入屋內的廚房火爐前，」我說：「讀著一篇藝術雜誌述說有關一名義大利雕塑家對抽象表現主義的歐洲的第一次大展的評語——大展舉行於一九五〇年威尼斯的百恩年地區，也就是我與瑪莉莉重逢的那一年。」

「你當時也有畫作參展？」塞西問。

「沒有，」我說。「參展的只有高奇、帕洛克和庫寧。而這名當時喧騰一時、今日沒沒無聞的義大利雕塑家對我們創作的野心作了下列的敘述：『這些美國人很有趣。他們還不會爬就想跑。』他的意思是，我們根本不會畫。

「桃樂絲立刻掌握了這個重點。她想像我傷害她那樣來傷害我，於是她說：『原來如此，你們這些傢伙都畫成那樣，是因為你們根本沒辦法在該認眞畫時畫得像一點。』

「我當時並未反駁。我抓起一枝桃樂絲用來記錄屋裡屋外待修物件的綠色蠟筆，在廚房的牆上畫起我兩個兒子的畫像。當時他們正酣睡在客廳的火爐邊，我甚至沒有跑到客廳去瞧他們一眼，就畫出他們的頭像——實物大小。由於我才剛把所有凹凸不平的石膏面清除乾淨，所以那面牆是全新的壁紙。當時我還沒有塡滿或黏好壁紙後面的洞，只是把那些釘子頭蓋住。而且，我永遠沒打算把它弄好。」

「桃樂絲大吃一驚，」我告訴塞西：「她對我說：『你以前為什麼不畫？』而我告訴她，而且是我第一次在她面前說出這樣的字眼，不管以前我們兩人多麼生氣，我都沒有用過這個字眼，我說：「因為這個他媽的太簡單。」

・・・

「你從來沒把壁紙後面的牆填滿？」伯曼夫人問。

「這眞是個女人的問題，」我說。「而我男性的回答是：『沒有，我沒有這麼做。』」

「那麼那些畫後來怎麼辦？」她問。「全被油漆蓋住了嗎？」

「沒有，」我說。「它們一直在壁紙上留了六年之久。但是，有一天下午我半醉而歸，發現我的妻兒與畫像全跑了，桃樂絲留了一張紙條說他們決定永遠地離開。她把那兩個頭像割下來帶走了。在原先的牆上就形成兩個方形大洞。」

「你當時一定覺得很可怕，」伯曼夫人說。

「是的，」我說。「帕洛克與泰瑞・奇峻在幾星期前才剛自殺，而我本人的畫則支離破碎。因此，當我看到空蕩的屋裡的那兩個大方框時——」我停了下來，「算了，」我說。

「說完呀，拉伯，」她請求著。

「我第一次體會到和父親當鞋匠時十分相近的感受——覺得自己是浩劫餘生後，村裡孤獨的生還者。」

・・・

史賴辛格是另一個從來沒看過我畫畫而對我的能力深感懷疑的人。我當時已蟄居此地一段時間了，他順道到馬鈴薯倉中看我作畫。我架了一個八呎長、八呎寬的畫布，正打算用滾筒上一層耐久緞藍色。那時有一抹帶著綠光的橘色稱爲「匈牙利狂想曲」。我當時一點也不知道，桃樂絲也正大力使用「匈牙利狂想曲」塗抹我們的浴室。但是那又是另一回事了。

「告訴我，拉伯——」史賴辛格說：「如果我把同樣的顏料塗抹在同樣的滾筒上，那還會是一幅卡拉貝金安式的作品嗎？」

「當然，」我說：「只要你所保留的和卡拉貝金安所保留的也相同即可。」

「像什麼？」他說。

「像這些，」我說。當時地板上的壺形洞內有一些泥灰，於是我用兩隻大拇指沾了一些，同時運用兩隻大拇指在三十秒內速寫出史賴辛格的臉部特徵。

「老天，」他說：「我根本不知道你這麼會畫。」

「你所面對的，是一個有**多重道路**可走的男人，」我說。

「我相信你是，我相信。」

・・・

我用一些「匈牙利狂想曲」把那幅速寫蓋住，然後在上面貼上一些應是絕對抽象的膠帶，但在我心中祕密的含意卻是六隻在林間空地上的小鹿。那些鹿在左邊角落，右邊有一條垂直的紅色寬帶。對我而言，當然又是祕而不宣的，是一個正在瞄準其中一隻鹿的獵人。我稱之爲

「匈牙利狂想曲第六號」，後來由古根漢美術館購買。

當那幅圖和其他畫作一樣，正逐漸支離破碎時，它被放在儲藏室。一名女守衛正巧經過，看到地上的膠帶以及滿地碎片的耐久緞藍。於是她打電話給我，問我該如何修復那幅畫，或者是哪裡出了什麼問題。我不知道當我的畫正因支離破碎而惡名滿天下時她到底在哪裡。她衷心認爲一定是古根漢博物館沒有好好控制濕度或是其他原因，才造成這個後果。當時的我正如同一隻孤獨無愛的動物寄居在馬鈴薯倉中，但是我還有電話的設備。

「非常奇怪的是——」她繼續說：「畫布上出現了一張大臉。」當然，那正是我用污穢的手指畫的特寫。

「你應該通知教宗？」我說。

「教宗？」她說。

「是的，」我說：「你可能有僅次於**主靈壽衣**的好東西。」

我最好向年輕的讀者解釋一下，**主靈壽衣**是一片用來包裹死屍的布，上面印著一名被釘在十字架上的成年男子的紀錄，根據當今最好的科學家證實，這塊布應有兩千年的歷史。許多人相信，這塊布所包裹的正是耶穌基督。而這塊布目前正是義大利主靈地區的聖吉瓦尼巴帝夏大教堂的首要收藏。

我對那名古根漢的女守衛所開的玩笑的原意是，畫布上的人頭可能是基督——也許及時出現以便阻止第三次世界大戰。

但是她魔高一丈地說：「好吧——我會立刻和教宗聯絡，可惜的是——」

「可惜的是什麼？」我說。

她接著說：「可惜的是你正好和一個以前和史賴辛格約過會的女人說話。」

．．．

於是我提供她一個我對每一個人都提過的方案，說我會以較能持久的材料，重新複製一幅畫，這回保證顏料與膠帶都真正能比「蒙娜麗沙」更耐久。

但是古根漢博物館一如其他地方一般，拒絕了我的提議。沒有人願意破壞我在藝術史上所留下的，那個令人狂喜的註腳。如果加上一點運氣，在字典裡也許還可以看到我的姓氏領著下面的解釋：

卡拉貝金安（Kar·a·bek·i·an〔,Kar-a-'bek-ē-an〕），名詞（出自拉伯·卡拉貝金安〔Rabo Karabekian〕，二十世紀畫家）。形容一個人因愚昧或疏失，或二者兼而有之，而使個人的作品或名聲完全瓦解的大慘敗。

34

當我拒絕爲伯曼夫人作畫時，她說：「噢──你實在是個頑固的小男生！」

「我是一個頑固的老紳士，」我說：「正竭心盡力維護著自己的尊嚴。」

「只要告訴我馬鈴薯倉裡是什麼類型的東西就行了──」她半哄半騙地說：「是動物、植物還是礦物？」

「三者皆有，」我說。

「有多大？」她說。

我把眞相告訴她：「八呎高、六十四呎長。」

「你又在開我玩笑了，」她推測。

「當然，」我說。

馬鈴薯倉中是八面裱好撐開的畫布，每一面都是八呎長、八呎寬。因而形成，如我對她所說的，連續不斷的六十四呎畫面。背後的支架是二呎寬、四呎長，像一堵牆一般樹立在馬鈴薯倉中央。這正是那些曾撐起我最有名，而後卻最恥辱的作品的畫框。那幅曾榮耀而後卻污損了派克大街的GEFF公司總部大廳的《溫莎藍色十七號》。

⋯

這正是它們在親愛的艾蒂斯過世之前三個月，重回我生活的經過：

當時它們被埋藏在住友大廈，也就是前GEFF公司大廈地下三層中的最底層，一間上了鎖的房間裡。它們是因爲到處流竄的耐久緞藍，而被住友大廈的保險公司裡一名在地下室中檢查火災危險性的檢查員發現的。房門是一道不鏽鋼門，沒有人知道門後面是什麼。

檢查員獲得許可破門而入。她是一名女子，而且她在電話中告訴我：她是該公司的第一名女子安全檢查員，同時也是第一名黑人。「我算是一石兩鳥，」她大笑著說。她的笑聲十分悅耳，這裡可沒有任何嘲諷的惡意。她因爲不願意浪費任何東西，於是打算在住友公司漫不在乎的許可下，把多年來的畫布歸還給我。

「無論如何，我是唯一一個稍稍在乎這幅畫的人，」她說：「所以，你告訴我應該怎麼辦。你可能得自己來把它們拿走，」她說。

「你怎麼會知道那是什麼？」我說。

她說，她以前是史基模學院的護校預備生，她在她少數的選修中，曾選過藝術欣賞。她和我的第一任妻子桃樂絲一樣，都是一名合格護士。但是她放棄了護士的事業，因爲醫生把她當個白癡兼奴隸。再加上那個工作工時長、收入低，而她又還有一名孤外甥要人撫養陪伴。

她的藝術欣賞老師曾給他們看一些知名畫作的幻燈片，其中有兩張正是《溫莎藍色十七號》

完成與毀滅的情形。

「我眞該謝謝他！」我說。

「我想他是想使那堂課有趣一點，」她說。「因爲其他的幻燈片都是十分正經的純藝術。」

．．．

「你還要不要那些畫布？」她說。一陣長久的沉默。於是最後她說：「喂，喂！」

「抱歉，」我說：「對你而言也許是個簡單的問題，但對我而言卻是個大難題。對我而言，就像你有一天突然打電話問我長大成人了沒有一樣。」

「如果那些無傷大雅的方型畫布對我而言是妖魔鬼怪，會使我感到羞恥，是的，會使我因爲陷於失敗與被訕笑的角色而對世界感到憤怒等等，那我就**不算**已經長大成人，雖然我當時已經是六十八高齡了。」

「那麼你的回答到底是什麼呢？」她在電話中問我。

「我正在等我自己的答案，」我說。我當時想，這些畫布即使要了回來也沒有什麼用處。我從來不想再提畫筆了。但是收藏它們卻不成問題，因爲馬鈴薯倉中多的是空位。我能不能在我過去所留下的、最令人難堪的作品近在眼前的情形下，依然安然入睡？我希望可以。

於是我聽見自己這麼回答：「麻煩你——請不要把它們扔掉。我會要這裡的甜蜜的家庭搬家與儲物公司盡快到那裡去取件。請你再把你的名字說一遍——這樣他們去了可以先找你。」

於是她說：「蒙娜麗莎・崔憑漢。」

・・・

當GEFF公司把《溫莎藍色十七號》掛在它的大廳時，是用來誇示這家老字號的公司不僅在技術上跟得上時代的腳步，在藝術上也不落人後。公司的公關人員當時希望宣稱《溫莎藍色十七號》在篇幅上的優勢——也許稱不上是世界最大的作品，但至少在當時是紐約最大的作品之類的話。但是，當時有許多在紐約市，還有在世界各地的壁畫，都能輕易凌駕我那五百一十二平方英呎的畫作。

公關人員於是希望它們會是**掛在牆上**的畫作中最大的一幅——儘管它們事實上是八張分開的畫布，用鉗子夾在一起的，其高度與我的作品相當，但是比我的寬度卻超過三分之一。它們是一幅十分奇怪的創作——可以說是電影製作的早期嘗試，因爲在作品的兩端都有捲軸。觀眾在欣賞時每次只能看到其中的一小部分。這幅大人國的彩帶上，飾著山川與河流，原始森林與水牛群集的無盡草原，以及鑽石、紅寶石與金塊俯拾即是的沙漠。那正是美利堅合眾國。

早期的旅行者帶著這些圖片遊說於北部歐洲。在助手的協助之下，他們一面打開一邊卷軸，一面捲起另一端，鼓勵所有有野心有能力的人揚棄古老無聊的歐洲，向遍地寶藏的希望之地進軍。而那些寶藏終歸奮鬥者所有。

如果一個男人有機會征服強暴一塊處女地，那他還待在家裡做什麼？

．．．

我把八片畫布上那些不足信賴的耐久緞藍的蹤跡全部清除殆盡，並把它們重新縫製裝框。我把它們安置在馬鈴薯倉中，重新回到它們泛白的純潔中，彷彿回到我把它們搖身變爲《溫莎藍色十七號》之前。

我向我的妻子解釋，說這個異常的舉動是對那個令人不悅的過去的驅邪行徑，是我對我自己以及對他人在我那短暫的畫家生涯所造成的傷害的一種補償方法。雖然，那是另一個把無法用言語敘述的東西用言語表達出來的例子，一幅畫基於什麼原因、而且以什麼方式變成某個下場的經過。

那個有一世紀之久，長而窄的馬鈴薯倉，事實上也是那一片白，白，白的部分。

而那些懸吊在支架上的聚光燈也是其中的一部分。它們把數瓦的能量傾瀉在白色上，產生了我意想不到的白。這些人造太陽光是我在受命創作《溫莎藍色十七號》時，請人裝設的。

「你下一步打算怎麼處理它呢？」親愛的艾蒂斯問。

「已經完成了，」我說。

「你打算簽名嗎？」她問。

「那就會破壞它了，」我回答。「一點點蒼蠅屎都會破壞它。」

「這幅作品有名稱嗎？」她問。

「有，」我說。於是我當場給了它一個和史賴辛格給他的革命書籍一樣長的名字：「我嘗試了，我失敗了，後來我把它清理乾淨，因此，現在該輪到你了。」

・・・

我在心中已經預見死亡——更預見死後別人的評語。那正是我第一次鎖上倉房的時候，但是那時只上了一個門和一個鎖。我和當時我的父親以及大多數的丈夫們一樣，認爲我會是夫婦兩人中較早棄世的，於是我對艾蒂斯下了一些我下葬後即刻得做的奇怪而自憐的指示。

「艾蒂斯，在馬鈴薯倉爲我辦守夜儀式，」我說：「而當別人問你有關那些白，白，白的東西時，你就告訴他們那是你的丈夫最後的畫作，雖然他什麼也沒畫。接著，你就把畫名告訴他們。」

・・・

但是，她卻先我而去，而且，就在兩個月以後。她的心臟停止跳動，於是她就跌入一張花床之中。

「毫無痛苦，」醫師說。

就在她位於綠河墓園的中午葬禮中，也就是在僅離其他兩名步槍兵，帕洛克、泰瑞・奇峻的墓園數碼之外，我忽然強烈地體會到一種前所未有的感受，認爲人類的靈魂不會再受到難以控制的肉體所困擾，所羞辱。地上就是這麼一個長方形，而圍繞在長方形周圍的，都是這些純潔、無辜的霓虹管。

我瘋了？當然。

她的守夜儀式是在她的一位朋友，而不是我的朋友家中舉辦的。大約在離這裡一哩左右。她的丈夫並未出席！

但他也沒有重返這個房子，這個曾使他毫無用處，但在他三分之一的生命，以及四分之一的二十世紀中，也曾使他毫無條件地被滿足與疼愛的地方。

他跑到倉房中，打開拉門上的鎖，點亮所有的燈，望著那一片蒼茫的白。

接著他坐上他的賓士轎車，把車開到東漢普敦一家販賣畫材的五金店。我買了一位畫家所想要的所有東西，除了那一項他必須自備的材料以外：靈魂，靈魂，靈魂，靈魂。

那名店員是個新手，所以並不知道我是誰。他所看到的，只是一個沒沒無聞，穿著襯衫，打著領帶，外罩一件由芬克斯坦所縫製的西裝外套——一隻眼睛戴著眼罩的老頭子。而這名單眼人正處在十分激動的狀態。

「你是一名畫家吧，先生？」店員說。他大約二十歲。當我停止作畫，停止任何形式的畫作時，他甚至尚未出世。

我在離開時對他說了一個詞。那就是：「再生！」

．．．

僕人辭職不幹了。我又變回那隻成日在馬鈴薯倉裡裡外外打轉的野生浣熊。我把拉門關上，那樣就沒有人會知道我在倉裡做什麼。我花了六個月的時間完成！

當我完工時，我買了五個鎖、五個門，把拉門狠狠地關上。我聘用了新僕人，並且要律師訂立了新的遺囑，遺囑中明定我曾提過的，要穿著芬克斯坦做的西裝下葬，遺產則在我的兩個兒子做某一件紀念他們亞美尼亞祖先的事後歸他們所有，而且在我下葬之前，不能打開馬鈴薯倉。

雖然有著可怕的童年，我的兩個兒子目前倒是發展得不錯。如我所說，他們目前已經都跟了他們的好繼父的姓了。亨利・史地在五角大廈擔任人民服務部的職員。泰瑞・史地則是芝加哥熊隊的公關人員，自從我擁有一小部分辛辛那提虎隊的所有權後，我的家庭多多少少就成了足球家庭。

．．．

完成這些事之後，我發現自己又能平下心來住進那幢房子，雇用新僕人，成為塞西・伯曼在四個月前於沙灘上問說：「告訴我你父母是怎麼死的」的那個空虛、平靜的老頭子。

而在她留在漢普敦的最後一夜，她則改口對我說：「動物、植物與礦物？三者兼而有之？」

「我保證，」我說：「三者都有，三者都有。」顏料與畫框都是由動物、植物和腳底下的泥土而來，所以每一幅畫當然都含有動物、植物與礦物呀。

「你為什麼不拿給我看？」她說。

「因為那是我所能給世界的最後一件東西，」我說。「我不希望當別人對它品頭論足時我在附近。」

「這麼說你是個懦夫，」她說：「我會記得的。」

我想了半晌，接著我聽見自己說：「好吧，我去拿鑰匙。接著，伯曼夫人，就麻煩妳跟我來了。」

・・・

我們走入一片黑暗中，眼前躍動著手電筒的燈光。她看來馴良，謙恭，帶著敬畏而純潔。我則神采奕奕，意志高昂而堅強。

我們剛開始走在石板路上，但它們後來岔往工具房的方向。於是我們就踏踩在法蘭克林・庫里與他的割草機修剪過的一片荒蕪中。

我打開門鎖，走進倉裡，把手放在照明燈的開關上。「害怕嗎？」我說。

「嗯，」她說。

「我也是，」我說。

記著：我們當時正站在一幅高八呎、長六十四呎的超大畫布盡頭。但是當我們打開燈光時，我們會看到一幅由遠近繪圖法壓縮構成，看似三角形，高同樣是八呎，但長只有五呎的畫作。由那個有利的地點無法判斷出那幅畫到底是什麼——到底是畫了些**什麼**。

我打開開關。

空氣中有片刻的沉寂，接著伯曼夫人發出歎爲觀止的喘息聲。

「站在原地別動，」我告訴她：「告訴我妳的感覺。」

「我不能再往前走嗎？」她說。

「等一下，」我說：「但是我想先聽聽你說說從這裡看到的是什麼。」

「一面大圍牆，」她說。

「繼續說，」我說。

「一面很大的圍牆，一面意想不到，又高又長的圍牆，」她說：「每一平方英吋都鑲嵌著光彩奪目的珍寶。」

「多謝，」我說。「現在握著我的手，閉上你的眼。我將要帶你到畫作的中央，然後你可以再看一次。」

她閉上眼睛跟著我，彷彿是一個聽話的玩具氣球。

我們走到中央，此時畫布兩端各有三十二呎長，我要她再度張開眼睛。

我們正站在春光裡，一片翠綠山谷的邊緣。確實清點的話，我們的四周或在山谷底下有五千兩百一十九個人。最大的人大約有一支煙的大小，最小的則只有蒼蠅屎大小。四周偶有農家，而在我們所站的一角，有一座中古時代瞭望台的遺跡。畫面寫實的程度，足以媲美照片。

「我們到底在哪裡？」塞西・伯曼說。

「就在那裡，」我說：「在第二次世界大戰歐戰結束當天，太陽升起時，我所在的現場。」

35

現在，參觀我的美術館已經有一定程序。首先參觀大廳裡那些坐在鞦韆上，命運已注定的小女孩，接著再看第一代抽象表現主義者早期的作品，然後，再欣賞我在馬鈴薯倉中的傑作。我把馬鈴薯倉的拉門拆了下來，放在倉房的另一頭，因此，不斷增加的參觀人潮就可以十分流暢地欣賞大奇觀。他們由一端走進，另一端走出。許多人甚至參觀兩次以上——當然不是整個美術館，而是只有我那馬鈴薯倉。

哈！

目前為止，還沒出現過任何嚴肅的評論家。但是，倒是有幾個門外漢問過我，我把自己的作品歸入哪一類。我打算告訴第一位出現在這裡的評論員，如果真有評論員來過的話，我會告訴他們：

「這根本不是畫，這是一個觀光點！是一場世界博覽會！是個迪斯奈樂園！」

・・・

那是個可怕的迪斯奈樂園。裡面的人沒有一個是可愛的。

平均算來，每一平方英呎的畫中就清楚地刻畫出十個二次世界大戰的生還者。即使是遠方那些比一個蒼蠅屎大不了多少的指頭，如果利用我放在馬鈴薯倉中的那幾支放大鏡仔細觀看，就可以看出是集中營的受難者、奴工、各國來的戰俘、來自不同單位的德國士兵、當地農民與其家人，或是被療養院釋放的瘋子等等。

不管畫中人物多小，他們的背後都有一個戰爭的故事。我先捏造一個故事，然後再畫出故事的主角。剛開始時，我還在馬鈴薯倉裡爲詢問的參觀者講解每個人物的故事，後來我因筋疲力竭而放棄了。「在你們觀賞大奇觀時，請自行編造屬於你們的故事吧。」我告訴大家。我則靜坐於屋裡伸手指點馬鈴薯倉的位置而已。

・・・

但是，那一夜和塞西・伯曼在馬鈴薯倉裡，我十分樂意地告訴她任何她想聽的故事。

「你也在這裡面嗎？」她說。

我指出那個在底端，地板上方的人像。我是用鞋尖去指的。我正是其中最大的人物——那個香菸大小的人。我也是這數千人中，唯一一個背對所謂鏡頭的人。第四張和第五張畫布間的裂縫直切我的背脊，分開了我的髮，可以被視爲拉伯・卡拉貝金安的靈魂現形了。

「這個附在你腿上的男人向上望著你，好像把你當成上帝，」她說。

「他得了肺炎，兩小時以後就會死亡，」我說。「他是一名加拿大砲兵，在匈牙利的一座油田被射倒。他不知道我是誰，甚至連我的臉也看不見。他所看到的，只是一片並不存在的煙霧，他問我我們到家了沒有？」

「你怎麼告訴他？」她說。

「妳會怎麼說？」我說：「我告訴他：『是呀，我們到家了，到家了。』」

「這個穿著可笑的外套的男人是誰？」她說。

「那是一名集中營的守衛，他丟了他的納粹警察制服，然後偷了一件稻草人的衣服穿上，」我說。我指著那名僞裝者遠方的一群集中營受難者女。有幾個人也和加拿大砲兵一樣，奄奄一息地躺在地上。「他把這群人帶到這片山谷來放鴿子，但是卻不知道自己該走向何方。每一個逮到他的人都會知道他是納粹警察——因爲他左上臂刺著軍籍號碼。」

「這兩個人呢？」她說。

「南斯拉夫游擊兵，」我說。

「這個呢？」她說。

「一名在北非被捕的摩洛哥騎兵中校，」我說。

「那這一個嘴裡叼著菸斗的呢？」她說。

「一名在盟軍登陸時被抓的蘇格蘭滑翔機飛行員，」我說。

「他們眞的是從四面八方來的，不是嗎？」她說。

「這裡還有一名遠從尼泊爾來的廓爾漢（Gurkha）人。」我說：「而這一班身著德國軍服的機關槍隊：他們是戰爭初期倒戈的烏克蘭人。等俄軍到達這個山谷時，他們就會被吊死或射殺。」

「看起來沒有半個女人，」她說。

「仔細瞧，」我說：「由集中營與療養院放出來的，有一半是女人。只是她們看起來不再像女人而已。他們可不是你所見到的那些『電影明星』。」

「看起來沒有半個**健康**的女人，」她說。

「你又錯了，」我說。「你可以在兩邊——底部的兩個角落，找到健康的女人。」

我們走到最右邊去一探究。「老天，」她說：「這好像在一個美術館中展出自然史一般。」確實如此，在底端兩邊各有一間農場：每一家都大門深鎖，宛如一座小堡壘，高大的門緊閉，所有動物都集中在中庭裡。而我還畫了地下剖面圖以顯示他們的地窖。就像圖書館裡展出動物的窟穴一般。

「那些健康的女人都在地窖中與馬鈴薯、蕪菁、甜菜為伍，」我說。「她們被安置在地窖中以便儘量延後被強暴的時間，但是她們早已耳聞到這個地區的戰爭消息，所以她們知道被強暴是無可避免的。」

「這幅畫有名稱嗎？」她說，再度在中途加入賞畫的行列。

「有的，」我說。

「是什麼？」她說。

於是我說：「現在輪到女人了。」

・・・

「是我瘋了，」她指著一個在瞭望台廢墟窺伺的人物，「還是這眞的是一名日本士兵？」

「是一名日本士兵沒錯，」我說。「他是一名陸軍少校。你可以由他左袖上的一顆金星與兩條棕線判斷出來。他還握著劍。他寧願死也不願失去他的劍。」

「我很驚訝那裡竟然會有日本人，」她說。

「那裡沒有，」我說：「但是我認爲那裡應該要有一名日本人，於是我就把他加了進去。」

「爲什麼？」她說。

「因爲，」我說：「日本人也應該和德國人一樣，對把美國變成窮兵黷武的國家盡一點責任──想想第一次世界大戰後，我們衷心厭戰者的角色扮演得多好。」

「那麼，躺在這裡的這名女子，」她說：「她死了嗎？」

「死了，」我說：「她是一名吉普賽皇后。」

「她好胖，」她說：「她是裡面唯一的胖子嗎？其他人都好瘦喲！」

「死亡是在快樂谷唯一可以增胖的方式，」我說。「她胖得像個馬戲團的丑角，是因爲她已經死了三天了。」

「快樂谷？」塞西重複一遍。

「或是『和平時光』、『天堂』、『伊甸園』、『春光』，都可以，想叫它什麼就是什麼，」我說。

「她是唯一一個離群索居的人，」塞西說：「對不對？」

「對，」我說。「人死了三天會有異味。她是第一位來快樂谷的外地人，她獨自一個人前來，而且沒多久就死了。」

「其他的吉普賽人呢？」她說。

「和他們的小提琴、小手鼓彩色篷車，以及順手牽羊的名聲相比，何者比較值得留戀呢？」

．．．

伯曼夫人告訴我一個我以前從未聽過的傳說：「吉普賽人偷走了羅馬士兵要用來釘死耶穌在十字架上的釘子，」她說：「當士兵們找尋釘子時，卻發現釘子神祕地失蹤。於是耶穌與群眾只好等新釘子送來。自此，全能的上帝就允許吉普賽人竭力偷竊。」她指著那名發脹的吉普賽女皇。「她相信那個傳說，所有的吉普賽人都相信。」

「她會相信那個傳說實在是件壞事，」我說。「也許，她相不相信並沒有那麼重要，因爲她獨自來到快樂谷時早已餓得奄奄一息了。」

「她試著到農家偷一隻雞，」我說：「但是被在臥室的農人看到了，於是就拿了他藏在床墊下的小來福槍射她。她跑開了，農人以爲他沒有打中她，但事實上他打中了。她的腹部中了彈，於是她倒下來死了。三天以後，我們這些人才到達。」

．．．

「如果她是吉普賽女皇，那麼她的部屬都到哪裡去了？」塞西又問。

我解釋說，這名女皇即使在鼎盛時期也只有四十名部屬，還包括襁褓中的嬰兒在內。當歐洲還在為哪個種族或次族有害無益而爭議不休時，全歐洲人就已經同意小偷、算命，以及偷小孩的吉普賽人是所有高尚人種的公敵。因此，他們處處受威脅。女皇和她的部屬於是拋棄她們的篷車，甚至揚棄她們的傳統服裝——揚棄所有會被人認出是吉普賽人的東西。白天躲在森林中，夜晚則出來覓食。

有一夜，當女皇獨自外出覓食時，她的一名部屬，一個十四歲的小男孩，因偷雞而被一個在俄軍前線倒戈的德國斯洛伐克迫擊砲軍團逮到。他們正打算啓程返回離快樂谷不遠的家園。他們強迫那名男孩帶他們到吉普賽營去，然後把所有吉普賽人全數殲滅。因此，當女皇回去時，她就連半個部屬都沒有了。

這些就是我為塞西．伯曼編造的故事。

．．．

塞西還補充了敘述上遺漏的部分。「因此，她漫遊到快樂谷，找尋其他的吉普賽人，」她說。

「沒錯！」我說：「但是在歐洲已經找不到許多吉普賽人，大多數吉普賽人都已經在殲滅營中集體被毒氣毒死了。不過大家也並不在意。誰會喜歡小偷呢？」

她仔細看了那名死去的女子，然後噁心地把頭轉開。「嘔！」她說。「她嘴裡還冒出來什麼東西？是血還是蛆？」

「是寶石與鑽石，」我說：「她屍臭四溢，而看起來倒霉極了，所以至今還沒有人湊近注意到。」

「在這裡所有的人中，」她猜測著：「誰會是第一個注意到她的人？」

我指著那名身著稻草人破衣的前集中營守衛。「是他，」我說。

36

「軍人，軍人，軍人，」她驚異地說著。「制服，制服，制服。」

那些被棄置一旁的制服，我都十分寫實精確地描繪，表示我對我的老師丹・格瑞格利的敬意。

「當父親第一次看見兒子穿上軍服時，總是十分驕傲，」她說。

「我知道大約翰・卡賓斯基就是如此，」我說。當然，他是我們北邊的鄰居。大約翰的兒子小約翰在高中時功課奇差，還販賣痲藥被警察逮過。於是他在越戰期間加入了軍隊。而當小約翰第一次穿上軍服回家時，我從來沒見過大約翰那麼開心過，因爲在他眼中，小約翰好像突然拉拔成人，而且終於可以有一番作爲了。

但是後來，小約翰變成一具屍袋返回家園。

・・・

巧的是，大約翰與妻子陶玲正把三代卡賓斯基成長的農莊分成六畝大小的地方。那是昨天的地方報刊出的消息。這些土地將會十分搶手，因爲在那些土地上所建築的那些可以俯瞰我的田產的二樓窗戶，都會有觀海景觀。

大約翰與陶玲即將成為百萬富翁，移居到冬天從不到達的佛羅里達社區去。因此，他們可以說是在他們自己的阿拉拉山腳下，失去了他們在地球上神聖的藏寶圖——而且是在沒有經歷過最可怕的遭遇——大屠殺的情況下。

「當**你的**父親第一次看你穿上軍服時，是否也感到驕傲呢？」塞西問我。

「他來不及見到，」我說：「而且幸好他沒見到。如果當時他還活著，他一定會向我丟一隻靴子或一把錐子的。」

「為什麼？」她問。

「別忘了，是那些他們的父母認為他們終於會有一番成就的年輕的士兵，在動手屠殺每一個他認識或深愛的人。如果我的父親看我穿上軍服，他一定咬牙切齒，像瘋狗一般地罵我。『豬！』他會這麼說，『臭豬！』他會這麼說，『殺人狂，滾開！』」

．．．

「你認為這幅畫最後會變成什麼？」她說。

「這幅畫太大了，丟不掉，」我說：「也許會被送到德州盧巴克的私人美術館，那座擁有大多數丹．格瑞格利作品的美術館。我想，它最後可能會被放在世界上最長的酒吧台後面——不管當時它被放在何方——也許也是在德州。但是顧客就會不斷地爬上吧台，想一窺究竟——

踢倒杯子，踩在小點心上。」

我說這一切還是決定於我的兩個兒子，泰瑞與亨利。由他們來決定《現在輪到女人了》的命運。

「你要把這幅畫留給他們？」她說。她知道他們恨我，甚至還合法地把姓改為桃樂絲第二任丈夫羅伊．史地，他們認為自己唯一的、眞正的父親的姓。

「你認為把這幅畫留給他們是一種**玩笑**嗎？」伯曼說：「你認為這幅畫沒價值？我在此鄭重告訴你，這幅畫在**某些方面**是**非常**重要的。」

「我認為它的非常重要性和正面衝撞的重要性是相似的，」我說：「都造成不可否認的影響。一定會造成某些事。」

「你如果把這幅畫留給那兩個忘恩負義的人，」她說：「會使他們變成百萬富翁的。」

「無論如何他們都會成為百萬富翁的，」我說：「我打算把所有的東西都給他們，還包括你那些有小女孩邊鞦韆的畫，以及你的撞球桌，除非你想拿回去。在我死後，他們只要做一件小事就能得到全部的財產。」

「做什麼？」她說。

「只要合法地把他們以及我的孫子的姓改回『卡拉貝金安』即可。」我說。

「你那麼在意嗎？」她說。

「我是為了我的母親才這麼做的，」我說。「她本人雖然不是生而為卡拉貝金安人，但是卻是唯一一個不論何時何事，都希望卡拉貝金安姓氏能一代代流傳下來的人。」

・・・

「這裡有多少個是眞實人物的畫像？」她說。

「那個攀住我的腿的砲兵，是他的臉，我記得。那兩個穿著德軍制服的愛沙尼亞人，是勞萊與哈台。那名法國賣國賊是查理・卓別林的臉。而站在瞭望台另一端的二名波蘭奴工，則是泰瑞・奇峻與帕洛克的臉。」

「所以你們就在畫面底端：三個步槍兵，」她說。

「我們就在那裡，」我附和地說。

「那兩名和你十分親近的人的死亡，必定帶給你很大的打擊，」她說。

「我們早在他們過世之前就已經不是朋友了，」我說：「都是因爲我們以前一同飲酒作樂才被這麼稱呼的。這個稱呼和作畫無關。我們也可能是鉛管工人而已。我們三人中有時候會有人有一小段時間不喝酒，有時候我們三個人都不喝——三個步槍兵就是這麼回事而已，早在其他兩人自殺之前就完了。『很大的打擊』，伯曼夫人，你是不是這麼說？一點也不。在我聽到這個消息後，我只做了一件事：就是隱居了大約八年左右。」

・・・

「接著，羅斯可也自殺了，」她說。

「嗯，」我說，我們正脫離快樂谷，重回現實生活。再爲抽象表現主義派的自殺者點一次名：高奇自縊於一九四八年，帕洛克，緊接著泰瑞・奇峻，因酒醉駕車與開槍死於一九五六年——而後羅斯可則採用最混亂的方式，於一九七〇年以刀自殺。

我用一種連我自己都感到驚訝的，也使她驚訝的冷峻語氣告訴她，這些殘暴的死亡就像我們無度的飲酒一樣，都與我們的畫無關。

「我當然不會和你爭辯這個，」她說。

「眞的，」我說：「我保證！」我平靜地說：「我們的畫的神奇之處，伯曼夫人，也許在音樂上是老掉牙的東西，但是在繪畫上卻是全新的：在於他們是人類**神妙的本質**，而完全與食物、性、衣著、房屋、藥物、汽車、新聞、金錢、犯罪、處罰、比賽、戰爭與和平是分離的——當然也和存在於鉛管工人以及畫家身上，那股人類傾向於無可救藥的沮喪及自我毀滅的共同衝動是分離的！」

・・・

「你知道當你站在快樂谷邊緣時我幾歲嗎？」她問。

「不知道，」我說。

「一歲，」她說。「拉伯，我不想冒犯你，但是這幅畫實在太豐富了，我今晚恐怕沒辦法再面對它了。」

「我了解，」我說。我們已經在那裡待了兩小時了。我個人早已筋疲力竭，但同時也感到無比地驕傲與滿足。

・・・

於是，我們又走到玄關，我把手放在照明燈的開關上，因爲當晚無星無月，所以只要輕撥一下開關就會使我們陷入全盤黑暗中！

她這麼問我：「在畫中有沒有任何地方或任何東西表示出這是何時何地發生的事？」

「沒有說明**地點**的東西，」我說。「但是有一個地方說明發生的**時間**，但那是在畫的另一端的頂部。如果你眞的想看，那我不止得搬個梯子，還得拿個放大鏡。」

「下次吧，」她說。

於是我口述畫面的情形：「有一名毛利人，他是紐西蘭砲兵隊的下士，在一場位於利比亞托布魯克外圍的戰役中被捕。我想妳知道毛利人是什麼吧？」我說。

「他們屬波里尼西亞人，」她說：「是紐西蘭的原住民。」

「沒錯！」我說：「他們是食人族，而且在白人進入之前是分成許多作戰族群的。這名波里尼西亞人坐在一個德軍丟棄的彈藥箱上。如果有人需要的話，箱底還有三發子彈。他正在努力地閱讀一張報紙的夾報內容。那張報紙是在太陽升起時，隨風飄進山谷，而被他一把抓到的。」

我一面把手放在電源開關上，一面繼續說：「那張夾報是一份德國佔領立陶宛這個小國家時，由它的首府里加所出版的反閃族週刊。那份夾報已有六個月之久，還提供一些園藝以及家庭製罐的小祕方。那名毛利人非常急切地讀著，希望能知道一些我們全都想知道的事：他身在何方，發生了什麼事，即將會發生什麼事。」

「如果我們有梯子又有放大鏡，伯曼夫人，那麼你就可以親眼見到那個彈藥箱上寫的小字，正是日期，也就是你才一歲的時候：『一九四五年五月八日。』」

・・・

我再次看一眼《現在輪到女人了》，而它又再度縮小成一個類似三角形、擁擠不堪的珠寶。我不必等鄰人與莎萊斯的同學前來，就已經知道這幅畫將成爲我收藏中最受歡迎的作品。

「天呀，塞西，」我說：「這幅畫看起來像一百萬個銅板。」

「它眞的是呀，」她說。

熄燈。

37

當我們在黑暗中漫步回屋子去時，她握著我的手說，我終究還是帶她跳舞了。

「什麼時候？」我說。

「我們現在就是在跳舞呀，」她說。

「喲！」我說。

她再度提到，她從來沒想過我，或是任何人會用這麼大而且這麼美的畫來表現出這麼重要的事。

「我簡直不相信我自己做到了，」我說：「也許我沒做到。也許是馬鈴薯倉裡的蟲子做成的。」

她說她有一回在莎萊斯房裡看到全套的保莉・麥迪遜作品，她也不相信她自己寫了那些書。

「也許妳是個文抄公，」我說。

「我自己有時候也這麼覺得，」她說。

當我們回到屋裡時，雖然我們並沒有發生肉體關係，但是我們當時的心情卻仿如做愛後的狀態。容我在不像是在吹牛的情況下說一句話：我從來沒看過她那麼虛脫疲累過。

・・・

她用她那具平時十分焦躁不安、蠢動不已的軀體向書房裡一張極度柔軟舒適的靠椅投降。瑪莉莉・坎培當時也在房裡，以鬼魂之姿到來。而她寫給那名加州的亞美尼亞小孩的信札，正放在我與伯曼夫人之間的咖啡桌上。

我問伯曼夫人，如果她發現馬鈴薯倉是空的，或是那八片畫布是空白的，或是我重新塑造《溫莎藍色十七號》時，她會有什麼感想。

「如果你眞的是那麼空洞，眞是如我所想的那樣，」她說：「那麼我想我得爲你的表裡如一打個甲上的成績。」

・・・

我問她會不會寫，我的意思是寫信給我，但是她以爲我說的是寫書。「那正是我一直在做的事——寫書和跳舞，」她說。「只要我不斷地寫與跳，就能遠離憂傷。」整個夏天，她就靠這些使自己忘記她最近才失去一位顯然十分聰明、有趣而可愛的丈夫。

「還有另一件事也對我略有助益，」她說：「對我十分有效，我不知道是不是對你也會有效。那就是大聲而刺耳地說話，告訴每個人他們哪裡對了，哪裡錯了，向每一個人下命令：

『清醒吧！加油！工作！』」

「我至今已經當過兩次拉撒路了，」我說。「我和泰瑞．奇峻一同死去，而被艾蒂斯救活。我與親愛的艾蒂斯一同死去，而又被塞西．伯曼救活。」

「別管那人是誰，活著就好，」她說。

．．．

我們談論了一下葛瑞．希爾醉斯，那名明晨八點會來用他的計程車把塞西及她的行李載到機場去的人，他年約六十，在本地頗具知名度。每一個離開這裡的人都知道希爾醉斯和他的計程車。

「他以前是救護隊的，」我說：「我想他和我的第一任妻子可能有一手。就是他在帕洛克撞樹的車子六呎之外發現帕洛克的屍體的。接著，幾星期之後，也是他把泰瑞．奇峻的頭骨碎片收集進塑膠袋的。你得承認他在美術史上扮演了一個重要的角色。」

「上回他載我時，」她說：「他說他的家庭已經在此勤奮工作了三百年，但是他唯一能用來證明這件事的，卻是他的計程車。」

「那是一部不錯的計程車，」我說。

「是的，他經常爲車體打蠟，清理車內，」她說：「我想這正是他遠離憂傷的方式——不管他是爲什麼事而憂傷。」

「爲虛度三百年，」我說。

．．．

我們也爲史賴辛格擔心。我揣測著當他那無助的靈魂發現他的肉體正把自己抛在一顆即將爆開的手榴彈的心情。

「爲什麼那樣還死不了？」她說。

「因爲手榴彈工廠不可原諒的草率技術，」我說。

「他的肉體做了那樣的事，而你的肉體則畫了馬鈴薯倉的那幅畫，」她說。

「聽起來沒錯，」我說。「我的靈魂並不知道該畫什麼樣的畫，而我的肉體則當然知道。」

她清了清喉嚨。「那麼，」她說：「現在是不是該由你那一直以肉體爲恥的靈向肉致謝，感謝肉終於完成了一個好東西？」

我思索一番。「聽起來也沒錯，」我說。

「你得眞正**動手**去做，」她說。

「怎麼做？」我說。

「在你的眼前緊握住雙手，」她說：「然後以感激與愛望著這些奇異而聰明的動物，接著再大聲地告訴它們：『謝謝你，肉體。』」

於是，我照做了。

我在眼前握住雙手，衷心地大聲說出：「謝謝你，肉體！」
噢，快樂的肉。噢！快樂的靈。噢，快樂的拉伯・卡拉貝金安。

馮內果作品集 2

藍鬍子

作　　者　馮內果（Kurt Vonnegut）
譯　　者　陳佩君
責任編輯　方怡雯　吳惠貞
總 經 理　陳慧蕙
發 行 人　涂玉雲
出　　版　麥田出版
100城邦文化事業股份有限公司
台北市信義路二段213號11樓
電話：(02)2356-0933　傳眞：(02)2351-9179
發　　行　英屬蓋曼群島商家庭傳媒股份有限公司城邦分公司
104台北市中山區民生東路二段141號2樓
客服服務專線：(886)2-25007718；25007719
24小時傳眞專線：(886)2-25001990；25001991
服務時間：週一至週五上午09:00~12:00；下午13:00~17:00
劃撥帳號：19863813；戶名：書虫股份有限公司
讀者服務信箱：service@readingclub.com.tw
城邦讀書花園　http://www.cite.com.tw
麥田部落格　http://blog.yam.com/rye_field
香港發行所　城邦（香港）出版集團有限公司
香港灣仔軒尼詩道235號3樓
電話：（852）25086231　傳眞：（852）25789337
馬新發行所　城邦（馬新）出版集團Cite(M) Sdn. Bhd.(458372U)
11, Jalan 30D/146, Desa Tasik, Sungai Besi,
57000 Kuala Lumpur, Malaysia.
電話：（603）90563833傳眞：（603）90562833
二 版 一 刷　2007年7月

售價：320元

ISBN: 978-986-173-274-9

國家圖書館出版品預行編目資料

藍鬍子／馮內果（Kurt Vonnegut）著；陳佩君譯. --二版. --臺北市：麥田出版，家庭傳媒城邦分公司發行，2007.07

面；公分. --（馮內果作品集；2）

譯自：Bluebeard

ISBN 978-986-173-247-9 (平裝)

874.57　　96012658